La tentación era él

Robyn Grady

W9-DAS-558

Editado por Harlequin Ibérica.
Una división de HarperCollins Ibérica, S.A.
Núñez de Balboa, 56
28001 Madrid

I.S.B.N.: 978-84-687-7614-9
Depósito legal: M-34321-2015
Impresión en CPI (Barcelona)
Fecha impresion para Argentina: 4.7.16
Distribuidor exclusivo para España: LOGISTA
Distribuidores para México: CODIPLYRSA y Despacho Flores
Distribuidores para Argentina: Interior, DGP, S.A. Alvarado 2118.
Cap. Fed./Buenos Aires y Gran Buenos Aires, VACCARO HNOS.

Capítulo Uno

Shelby Scott miró con enfado el espectáculo que se desarrollaba frente a aquel hotel mundialmente famoso e hizo un mohín. Dex Hunter se estaba luciendo ante los espectadores besando a una entusiasta señorita. Shelby supuso que sería una joven actriz aspirante al estrellato, ya que el señor Hunter era el dueño de unos estudios cinematográficos.

Esa mañana, cuando se habían conocido al derramarle ella el café en el puño de la camisa, Shelby se prometió a sí misma que ser camarera solo sería algo provisional. Recién llegada a California, pretendía encontrar trabajo de niñera. Tenía experiencia y le encantaban los niños. Con suerte, el señor Hunter podría ser su jefe.

Era un soltero muy ocupado, ya que dirigía Hunter Productions, y necesitaba a alguien que cuidara de su hermano menor, que iba a ir a verle. Cuando Dex se enteró de que la vocación de ella era cuidar niños, pareció interesado. Después supo que había leído todos los libros preferidos de los niños y que era experta en dinosaurios. A su hermano le encantaban los dinosaurios.

Dex le dijo que había tenido mucha suerte. Ella era de la misma opinión. Habían quedado en verse esa noche para hablar y llegar a un acuerdo.

Pero el espectáculo de mal gusto que Shelby contemplaba había arruinado toda posibilidad de trabajar juntos. Cuando su hermano, que tenía cinco años, llegara, Dex Hunter tendría que buscarse a otra. Ella estaba harta de donjuanes. En Hollywood o en Mountain Ridge, Oklahoma, de donde ella procedía, todos eran iguales.

Dex dejó de besar a la chica, miró alrededor y sus ojos se detuvieron en Shelby. Apartó a la joven, que parecía mareada, y se dirigió a su encuentro. Su olor a almizcle y su masculina presencia la envolvieron. Era un hombre ancho de espaldas y alto que emanaba seguridad en sí mismo.

Pero lo más atractivo de él eran sus ojos castaños, que, a la luz de las farolas, podían confundirse con los de un león, un animal inteligente y potencialmente peligroso.

–Llega pronto –dijo él.

–Estoy segura de que llego puntual –contestó ella–. ¿Tiene por costumbre exhibirse en público?

Él frunció el ceño sin comprender al principio. Después de mirar hacia atrás esbozó una media sonrisa.

–Se abalanzó sobre mí.

–Ah, claro, usted no tiene culpa alguna.

La sonrisa de él desapareció.

–Creo que hemos empezado con mal pie.

–No hemos empezado nada.

Ella dio media vuelta y se dirigió a la parada del autobús.

Llevaba dos semanas en Los Ángeles. Era la primera vez que salía de su pueblo. Había ido a California porque había visto una película antigua en la que la

4

protagonista, que quería comenzar de cero, había tenido suerte al llegar allí. Pero Shelby se sentía sola y creía que había sido una ingenua, por lo que la idea de volver a Mountain Ridge y a todo lo que conocía iba ganando fuerza. Tenía muchos recuerdos de su pueblo, la mayoría buenos.

Y algunos muy malos.

Por eso se había prometido no desfallecer y quedarse donde estaba. Se negaba a que quienes la conocían desde siempre la compadecieran.

Oyó unos pasos detrás de ella y Dex Hunter la alcanzó y se situó frente a ella impidiéndola seguir.

–Dijo que cenaría conmigo para hablar de mi propuesta.

–Si usted se comporta así en público mientra espera a alguien, no quiero ni pensar lo que hará en la intimidad de su casa, aunque esté allí un niño inocente. No quiero formar parte de eso.

–Esa mujer es una amiga. Y nos estábamos despidiendo.

–Aunque yo sea una pueblerina, no nací ayer. El abrazo no era el de la despedida de dos amigos.

Ella conocía esa clase de beso, ardiente y desesperado.

–Bernice había bebido mucho –respondió él mientras comenzaba a caminar a su lado–. Iba a reunirse con unos amigos y quería que la acompañara. Al decirle que tenía otros planes, trató de convencerme.

–Y usted se ha defendido, claro.

–Y usted no sabe si es mi novia, o mi prometida.

Al oír la palabra «prometida» a ella se le contrajo el estómago.

—No me ha gustado lo que he visto —se había sentido incómoda y vulnerable—. Llame a una agencia para encontrar a una niñera. Y por Dios, ¡límpiese el carmín de la mejilla!

—Esta tarde he comprobado sus referencias. En el café —prosiguió él mientras se frotaba la mejilla con un pañuelo— mencionó un par de sitios en los que había trabajado. He llamado y me han hablado muy bien de usted y de su capacidad. La señora Fallon me ha dicho que conecta estupendamente con los niños.

Shelby se preguntó con quién más habría hablado, aparte de con las personas que ella le había mencionado, y si sabría algo más sobre ella. Aunque le daba igual que se hubiera enterado del desagradable incidente del mes anterior, que todo el pueblo lamentaba y del que hablaría en los años venideros.

—Llevo seis meses sin ver a mi hermano, pero estoy seguro de que sigue siendo el mismo: travieso y lleno de ideas y energía. Le caería bien. Le cae bien a todo el mundo —concluyó él con una sonrisa.

Ella suspiró. Le picaba la curiosidad. ¿Habría montado ya a caballo su hermanito? ¿Le gustaría el ajedrez o el béisbol?

Pero nada de eso borraba la torpe excusa de Dex Hunter por el espectáculo que acababa de presenciar.

Se cruzó de brazos.

—Encontrará a otra.

—La quiero a usted.

—Por favor, vaya a reunirse con…

En medio de la frase, miró hacia atrás y se quedó de piedra.

La mujer, Bernice, abrazaba a otro hombre. Mien-

6

tras su nueva víctima la apartaba, ella se tambaleó, cayó al suelo y rompió a llorar. Shelby sintió pena por ella. Dos mujeres se le acercaron, la agarraron por la cintura y se la llevaron.

–El prometido de Bernice rompió el compromiso la semana pasada. Hace años que lo conozco, y no es de los que se casan. Supongo que esta noche, antes de volver a casa definitivamente, Bernice ha intentado demostrar algo al mundo y a sí misma, a pesar de que no le hace falta. Siempre ha sido demasiado buena con Mac.

A Shelby se le contrajo el estómago. El dolor y la desesperación podían llevar a cometer una tontería.

La voz de Dex interrumpió sus pensamientos.

–Esta ciudad es dura para alguien como ella, y para muchos otros. Decida usted lo que decida sobre el empleo, sigo queriendo llevarla a cenar. Lleva sirviendo mesas todo el día. Supongo que debe tener tanto apetito como yo.

–Parece que la señora Fallon le ha hablado de mi apetito –apuntó ella sonriendo de mala gana.

Él rio.

–Tate, mi hermano, también tiene buen apetito. La última vez que nos vimos, su comida preferida eran las hamburguesas con queso, aunque tal vez tenga yo algo que ver en ello.

Ella sonrió con más ganas. Realmente era un hombre encantador. Y convincente. Una combinación traicionera, en su experiencia. Sin embargo…

–Supongo que no hay ningún mal en que cenemos juntos, pero pagaremos a escote.

–No hace falta.

–Insisto.

Dex no malinterpretó el tono de Shelby ni el claro mensaje de sus palabras y sus ojos. Cenaría con él. Incluso contestaría más preguntas sobre su experiencia como niñera en Mountain Ridge. Dado que el malentendido sobre Bernice se había aclarado, no había motivo para que no volvieran a negociar.

Ella tenía razón en que lo más cómodo y fácil era llamar a una agencia para contratar a una niñera, pero su instinto le decía que Shelby Scott era la persona adecuada para cuidar a su hermano, que era lo más importante para él y que necesitaba su protección.

Alguien había atentado contra el padre de ambos, un magnate de los medios de comunicación, y hasta que se detuviera a esa persona, Tate necesitaba un lugar seguro donde vivir. Nadie de la familia Hunter estaba dispuesto a arriesgarse a que el niño se viera envuelto en otro incidente como el que las autoridades de Sídney investigaban. A su padre lo habían obligado a salir de la carretera, le habían disparado y casi secuestrado. Tate estaba con él.

Mientras Dex recorría la calle con la mirada para escoger el mejor sitio para cenar, le sonó el móvil. Al no responder a la llamada, Shelby lo miró sorprendida.

–Podría ser importante –observó ella.

–Vamos a cenar.

–En mi pueblo es una grosería no responder cuando llaman al teléfono o a la puerta.

Él contempló sus grandes ojos verdes. No era el momento de decirle que, en Los Ángeles, nadie lo hacía.

Contestó la llamada.

Al otro extremo de la línea, Rance Loggins, su guionista, le espetó:

–No funciona. Quieres que Jada se enfrente a Pete en la boda, pero no creo que deba hacerlo. Es muy predecible.

–Ya se te ocurrirá algo mañana.

–Pensaba que querías acabar el guion cuanto antes.

Dex miró a Shelby, que aguardaba pacientemente con aire entre angelical y seductor.

–¿Sigues ahí, Dex?

–Pásate por la oficina.

–Mañana me marcho fuera una semana. Es una escena clave, según tus propias palabras.

Hunter Productions había logrado un récord de taquilla con su última película, *Presa fácil*. Dex iba a estrenar otras, pero tenía muchas esperanzas puestas en la que estaban escribiendo.

–Acabaré sobre las diez –le dijo a Rance.

–Lo estás retrasando a causa de una mujer –lo acusó el guionista.

–No es verdad –al menos, no en el sentido habitual.

–Creí que te habías comprometido a reconstruir Hunter Productions.

Dex y Rance se conocían hacía mucho. Dex lo consideraba su amigo, pero no le gustaba que lo presionara.

–Te olvidas de que soy yo quien paga las facturas.

–Para eso tienes que ganar dinero.

Dex colgó.

–Tenemos que anular la cena, ¿verdad? –quiso saber Shelby—No importa, es lo mejor.

Dex no estaba dispuesto a dejarla escapar tan fácilmente, pero Rance tenía razón.

Aunque se negaba a pasarse la vida encerrado en el despacho, hasta el éxito de su última película los ingresos de la empresa habían sido escasos. Al llegar a Los Ángeles desde Australia, con veinticinco años, un amigo lo había ayudado. Había aprendido mucho de él y había dedicado muchas horas al trabajo. De todos modos, a pesar de tener que ocuparse de su trabajo esa noche, no iba a dejar de lado el otro asunto que se traía entre manos.

—Acompáñeme y tomaremos algo luego –le propuso él.

—No me parece bien.

—¿Por qué no?

—No lo conozco.

—No soy el dueño de un club de alterne, Shelby. No voy a dejarte sin conocimiento y a arrastrarte a mi guarida secreta.

Ella lo miró como si no estuviera segura de que no lo haría. Era precavida, y estaba bien serlo en una ciudad como Los Ángeles.

—Mi guionista tiene un problema con un guion –le explicó él–. La historia es una comedia romántica. Estamos trabajando en una escena fundamental en que todo se desmorona. El hombre al que ama la protagonista, y a quien este ha engañado, se va a casar con una amiga de ella y la ha invitado a la boda. Su acompañante le falla, por lo que tiene que ir sola.

Shelby lo miraba con interés, así que continuó.

—Está sentada con un grupo de familiares de la novia, que comentan lo guapa que está con el vestido. Un torpe camarero le mancha el vestido, por lo que esta va al servicio a limpiarse mientras se pregunta por qué tiene que pasar por todo aquello. De camino hacia allí, se encuentra con el novio.

–¿Y entonces?

–No estamos seguros.

Ella abrió el bolso para guardar el móvil con el que había estado tomando fotos mientras él hablaba por teléfono. En ese momento se levantó una ráfaga de viento que se llevó un papel del bolso, que fue haciendo remolinos hasta la calzada.

Shelby trató de agarrarlo, pero no lo consiguió. Sin pensarlo, bajó de la acera en el momento en que un coche pasaba a toda velocidad.

Capítulo Dos

Dex saltó hacia ella. En ese mismo momento, ella subió bruscamente a la acera impulsada por el miedo. Perdió el equilibrio, chocó contra él y estuvo a punto de caerse de lado, cosa que él evitó agarrándola en el último momento.

Mientra estaba rígida entre sus brazos, Dex le examinó el rostro. Sus ojos eran una mezcla poco habitual de verde y azul. Tenía una pequeña cicatriz en un párpado. A esa distancia, sus labios le parecieron más carnosos.

Ella los movió, temblorosa, al pronunciar unas palabras:

—Parece que todavía no me he acostumbrado al tráfico.

Haber dejado de prestarle atención durante un segundo podía haberla llevado al hospital, o algo peor. En lugar de ello, estaba en brazos de Dex, con la espalda a unos centímetros del suelo y los nervios a flor de piel.

Se sentía como si estuviera en una película: una chica lejos de su hogar a la que había estado a punto de destruir un momento de distracción, pero a la que había salvado un hombre alto, de ojos castaños, que era guapísimo y capaz de sostenerla como si estuvieran bailando el tango.

Shelby pensó que, si no estuviera tan deslumbrada, se habría derretido en sus brazos.

Dex la ayudó a incorporarse con cuidado. Ella controló la expresión de su rostro, se estiró el vestido y trató de que su acelerado pulso recuperara el ritmo normal.

–¿Estás bien? –preguntó él.

–Sí, salvo en lo que respecta a mi orgullo. He sido una estúpida.

–El papel que salió volando del bolso debía de ser importante.

–Tenía valor sentimental –y lo había perdido para siempre.

Dex cruzó la calle, se aproximó a una palmera, cuya base estaba iluminada, y se agachó. Al volver llevaba el papel en la mano: una foto. Ella la agarró, la apretó contra su pecho durante unos segundos y la metió en el bolso, en un bolsillo que cerró con cremallera.

–Una persona a la que respeto mucho decía que los sentimientos nunca están sobrevalorados.

Como a ella no le pareció que fuera el momento adecuado para preguntarle quién era dicha persona, pensó que tal vez pudiera averiguarlo en la cena.

–¿Sigue en pie la invitación de hacer una visita a tu guionista?

Él esbozó una amplia sonrisa.

–Para Rance y para mí sería un honor.

Unos minutos después, Dex le abría la puerta de un coche deportivo italiano. Cuando ella se hubo acomodado, él arrancó.

–¿Este tipo de emergencia mientras se escribe un guion sucede a menudo? –preguntó ella, que no se sorprendería si de repente se despertara y comprobara que todo había sido un sueño.

—Cuando decides hacer una película, te encuentras con muchos obstáculos.

—Me imagino una habitación llena de humo, a un hombre sentado a una mesa escribiendo a máquina mientras otro pasea arriba y abajo, con la cabeza gacha y las manos detrás de la espalda.

—¿Escribiendo a máquina?

—Bueno, eso sería el siglo pasado —reconoció ella.

—¿Conocen en tu pueblo Internet? —se burló él.

—Desde luego. Conseguimos la electricidad necesaria atando un burro a una rueda de molino.

Él soltó una carcajada.

—Tampoco yo soy de aquí. Me crié en Australia.

—Eso explica tu acento. Creí que serías británico.

—Los australianos estamos más morenos.

Ella le miró el cuello y las manos, que tenían un hermoso bronceado.

—Australia está en la otra punta del mundo —dijo al tiempo que se obligaba a dejar de mirar su perfil clásico—. ¿Qué te hizo venir aquí? ¿Deseabas lograr fama y fortuna?

—Mi familia es la dueña de Hunter Enterprises.

—Y Hunter Productions es una de ellas, supongo.

Él cambió de marcha para tomar una curva.

—Mi madre nació cerca de donde tú eres.

—¿En Oklahoma?

—En Georgia.

—Lamento decirte que Georgia no está cerca de Oklahoma.

—Vaya, se ve que sigo sin ser de por aquí.

Ella sonrió.

–Volviendo a lo que me estabas contando…

–Mis padres se conocieron, y él quedó cautivado. Al cabo de un mes le pidió que se casara con él.

–Es un romántico –afirmó ella.

–Quería a mi madre, desde luego –la sonrisa de Dex se evaporó–. Cuando ella murió hace unos años, él se volvió a casar.

–¿Con una buena mujer?

–Eso cree mi padre.

Ella esperó a que le dijera algo más de su madrastra, pero él no lo hizo, lo cual de por sí era muy significativo.

Llegaron a un barrio caro y entraron en un sendero privado que conducía a un chalé. Un hombre de cabello oscuro les abrió la puerta. Cuando la vio, ella se dio cuenta de que no le agradaba su presencia allí. Pero Shelby ya conocía esa clase de miradas, y había sobrevivido a ellas.

Una vez hechas las presentaciones, Rance Loggins los invitó a entrar.

Dex y Rance intercambiaron unas palabras mientras recorrían un pasillo de paredes de cristal por las que se veía un jardín tropical. Al llegar a una habitación decorada con madera, acero y cuero, Shelby se sentó en un sofá mientras Dex se quitaba la chaqueta y la dejaba en el respaldo de una silla. Después se sentó a su lado, demasiado cerca, pensó ella.

Con estirar un poco la mano podría tocarle el muslo, musculoso, largo y fuerte.

–¿Qué te parece?

Sobresaltada, Shelby volvió a la realidad. Dex le

había hecho una pregunta y tanto Rance como él esperaban su respuesta.

–¿Qué me parece el qué?

Rance volvió a explicarle la situación.

–La protagonista era la novia del protagonista hasta que este la engañó y le pidió a su mejor amiga que se casara con él. Ella acude a la boda y, durante el banquete, se encuentra a solas con el novio. Están uno frente al otro.

–Ella debe darle una bofetada, pisarlo, lanzarle la bebida a la cara –dijo Dex–. Solo necesitamos hallar las palabras para expresarlo.

–Insisto en que eso no sería sorprendente. El espectador se lo espera –apuntó Rance.

Shelby respiró hondo. Vio la situación con claridad.

–Ella tiene que hablar delante de los demás.

–¿Te refieres a que debe echarle en cara, ante todos los invitados, que la haya engañado?

–Tiene más clase –respondió ella–. Sintiéndose terriblemente sola, con el vestido manchado y sabiendo que todos conocen lo ocurrido y la compadecen, pide el micrófono y dice que los novios hacen muy buena pareja y que les desea que sean muy felices. Cuando deja el micrófono, con lágrimas en los ojos, los presentes no la aplauden. Al alejarse por entre las mesas hacia las puertas de salida, todos los invitados permanecen en silencio. Saben que la relación entre Reese y Kurt no durará.

–Te refieres a la relación entre Jada y Pete.

Shelby parpadeó y sonrió débilmente a Rance.

–Claro, me refiero a ellos.

Dex estaba fascinado. ¿Qué acababa de suceder? Por lo que sabía, Shelby carecía de experiencia en escribir guiones. Sin embargo, los había deslumbrado a los dos con su forma de desarrollar aquella escena. Pero ¿quiénes eran Kurt y Reese? Y lo que era aún más importante: tras la fachada de chica de campo, ¿quién era Shelby Scott?

Rance se levanto de un salto.

—Vamos a escribirlo —dijo, y se sentó frente al ordenador portátil.

Pasaron tres horas, durante las cuales Shelby se sentó a la mesa junto a Rance, pidieron por teléfono comida china y consiguieron redondear la escena.

Mientras se tomaba la quinta taza de café, Rance se volvió hacia ella y pasó el brazo por detrás de su silla.

—¿Escribes, Shelby?

—No es lo mío —replicó ella agitando la melena de color caoba—. Pero veo muchas películas.

—¿Tienes alguna preferida? —le preguntó Dex.

—Te vas a reír.

—Seguro que no.

—Me gustan las películas mudas. Me gusta Rodolfo Valentino.

—Igual que a muchas mujeres de esta ciudad —apuntó Rance mientras se levantaba y se estiraba—. Sobre todo a las que le interesa la moda cara.

—No es algo que a mí me interese —dijo Shelby.

—Pues debería hacerlo —respondió él sentándose a su lado—. Estoy seguro de que tú le gustarías a ella. Y también a la pantalla. Me sorprende que Dex no se haya ofrecido a hacerte una prueba.

–¿Para un papel en una película? No me gusta hablar delante de otros, salvo que sean niños.

Mientras ella le explicaba a Rance a qué se dedicaba y cómo había conocido a Dex, este se dijo que no se creía lo que ella acababa de decir: había hablado frente a una multitud, al menos una vez en su vida, y lo había hecho sobre los misteriosos Reese y Kurt.

Ella consultó su reloj.

–Tengo que irme.

–¿Tienes que acostarte temprano para estar fresca y guapa? –le preguntó Rance con un brillo en los ojos que expresaba que ya era suficiente hermosa.

–No, mi turno comienza a las siete.

–Donde trabaja Shelby sirven las mejores hamburguesas de queso de la ciudad –dijo Dex–. Y el mejor café, si consigo que se mantenga en la taza.

Shelby y él intercambiaron una sonrisa de complicidad antes de que ella comenzara a recoger las cajas de comida.

–Voy a recoger todo esto.

–Eres mi invitada –apuntó Rance.

–No me habéis dejado pagar mi parte, así que esta es mi contribución.

–Bastante has hecho ayudándonos con el guion –observó Dex.

–Más que bastante –añadió Rance.

Pero ella siguió recogiendo. Cuando se marchó a la cocina, Rance se ajustó las gafas.

–No es tu tipo. Al principio creí que era una joven actriz que esperaba que la condujeras al estrellato.

–¿Y ahora?

–Me he enamorado de ella –contestó Rance llevándose la mano al corazón.

–Es terreno prohibido.

–Pensé que la ibas a contratar como niñera.

–Y no quiero que se distraiga.

–Si va a hacer de niñera de tu hermano, será solo durante un corto periodo. No la vas a contratar cinco años. Tal vez quiera desempeñar otro trabajo.

–¿El de ayudarte a escribir guiones?

–¿Por qué no?

–Es joven, una hermosa chica de pueblo. No necesita que la confundas.

–Y supongo que tú no estás dispuesto a complicarle la vida.

Dex estuvo a punto de recriminar a Rance. Era cierto que Shelby era hermosa en todos los sentidos, pero no iba a tenderle una trampa. No pensaba seducirla, por mucho que lo deseara.

Shelby reapareció.

–¿Hemos terminado? –preguntó.

–De momento –replicó Rance con unan sonrisa sardónica.

Tras haberse despedido, Dex y Shelby se marcharon y volvieron al coche. Ella le indicó su dirección y él la introdujo en el GPS mientras daba vueltas a las palabras de Rance. Shelby llevaba muy poco tiempo en la ciudad, y ya llamaba la atención por su aspecto, inteligencia y encanto. Decidió que tenía que contratarla antes de que otro se le adelantara y lo hiciera como niñera, modelo, actriz, guionista o, probablemente, esposa. En aquella ciudad, las cosas iban muy deprisa.

–Rance cree que tienes talento.

–La suerte del principiante.

–O un don real.

–No hace falta que me halagues. Sigo sin querer trabajar para ti.

–Te has creído los que te he contado de Bernice, ¿verdad? –ella asintió–. ¿Entonces? Tengo ama de llaves, por lo que no tendrás que realizar tareas domésticas. Contrataré también a una cocinera. Hace años que debería haberlo hecho –ella siguió callada–. ¿Te he dicho que tendrás una suite con vistas al mar?

Ella miró hacia otro lado.

–¿No vas a darnos a Tate y a mí una oportunidad?

Ella se limitó a seguir mirando por la ventanilla. Él agarró el volante con fuerza. ¡Qué testaruda era!

Llegaron al edificio donde vivía Shelby, situado en un barrio bastante agradable. De todos modos, él se bajó para acompañarla a la puerta.

–No hace falta que me acompañes –dijo ella.

–No pienso discutirlo.

–Exactamente –respondió ella echando a andar.

Él la siguió. Su madre lo había educado para que acompañara a una mujer hasta su puerta, y eso también valía para Shelby, tanto si le gustaba como si no.

Cuando la adelantó, ella se detuvo durante unos instantes, pero prosiguió su camino. Llegaron a la puerta.

–Gracias por la velada. Ha sido… distinta.

–Gracias por tu ayuda.

Estaba seguro de que Rance la buscaría en todos los cafés de la ciudad para agradecerle también su ayuda.

–Siento no poder ayudarte con tu hermano. Creo

que te vendrá mejor otra persona que esté familiarizada con tu círculo de trabajo.

–Shelby, no te querría para este trabajo si no pertenecieras a dicho círculo. Necesito una persona responsable para cuidar a un niño de cinco años cuando yo no esté.

Al ver una sombra de duda en sus ojos, se le ocurrió una idea. Se sacó el móvil del bolsillo y le enseñó un vídeo.

–Lo grabé la última vez que estuve en Australia.

–¿Ese es Tate? –preguntó ella.

–Chapoteando en la orilla de la playa de Sídney.

El niño se reía como un loco jugando con las olas. Shelby también lo hizo. Cuando el vídeo acabó, miró a Dex con sus increíbles ojos verdes.

–Es un niño precioso.

–Y muy listo y cariñoso. Da unos enormes abrazos de oso.

Ella volvió a sonreír antes de quedarse pensativa.

–Esta es la ciudad donde todos los sueños se hacen realidad, pero no quiero convertirme en una estrella ni relacionarme con los ricos y famosos. Mi intención era trabajar para una familia normal con un par de hijos. Pero tú no eres normal. Cuando estoy contigo, no sé qué esperar. Y no me gustan las sorpresas.

–A veces son buenas.

–¿Piensas tener compañía en casa cuando esté tu hermano?

–Si te refieres a mujeres, no salgo con ninguna. Y aunque lo hiciera, estos días me voy a dedicar a Tate.

Él mencionó la cifra que le pagaría, y ella lo miró con los ojos como platos.

—Puede que no le caiga bien a Tate.

—No creo que debamos preocuparnos por eso.

—¿Cuánto tiempo me necesitarías?

—¿Qué te parece un contrato de seis meses?

Ella frunció el ceño.

—¿A sus padres les parece bien que no esté con ellos tanto tiempo?

Dex vaciló. Shelby ya pensaba que su vida era un torbellino, por lo que no vio la necesidad de revelarle el urgente motivo de la visita de Tate, que había estado a punto de ser secuestrado junto a Guthrie, su padre. Este quería que su hijo pequeño estuviera muy lejos hasta que se detuviera a los criminales y el peligro hubiera pasado.

—Simplemente quiero que te merezca la pena trabajar para mí.

Ella se mordió el labio inferior.

—Vamos, Shelby, acepta en beneficio de Tate.

—Quiero quedarme con este piso durante unos días por si la cosa no funciona.

—Desde luego.

Al cabo de lo que a él le pareció una eternidad, ella asintió y sonrió.

—Dime qué día empiezo y allí estaré.

Él estuvo a punto de abrazarla, pero no le pareció buena idea. Se contentaría con lo segundos que la había tenido entre sus brazos cuando habían estado a punto de atropellarla.

—¿Te parece bien el viernes?

—¿Tan pronto?

—Tate llegará dentro de una semana. Hay que organizar la casa.

–Claro.

–¿Cerramos el trato con un apretón de manos?

Ella tomó la mano que le tendía, y él volvió a sentirse paralizado, como le había sucedido al sujetarla para que no se cayera. El corazón comenzó a latirle con fuerza, lo cual estaba fuera de lugar. Ya tenía lo que quería, así que lo que debía hacer era marcharse. Pero deseaba quedarse, tras aquel sencillo contacto de su piel con la de ella. Pero eso implicaría que ella lo invitara a entrar, cosa que no sucedería. No la conocía bien, pero no era, desde luego, de esa clase de mujeres que invitan a un hombre a subir cuando lo acaban de conocer.

Una deliciosa sensación cálida se le extendió por el cuerpo a Shelby antes de que consiguiera retirar la mano. Se tragó el nudo que tenía en la garganta para decir:

–Estaremos en contacto.

–Lo estoy deseando.

¿Habría sentido él también que saltaban chispas al tocarse? Se había visto tentada a invitarlo a tomar una copa en su piso.

Pero lo mejor hubiera sido no haberlo conocido. No quería sentirse atraída por ningún hombre, sobre todo si era como Dex Hunter, a quien era evidente que le gustaban las mujeres. No deseaba tener una relación con nadie, después de la experiencia que había sufrido.

Hubo un momento incómodo en que él siguió mirándola a los ojos como si esperara que lo invitara a subir. Pero después se dirigió de vuelta al coche mientras ella entraba en el edificio.

Una vez en su piso, fue al dormitorio, se sentó en el

borde de la cama y sacó la fotografía que le había arrebatado el viento. No hacía mucho que la había hecho pedazos, pero antes de marcharse de Mountain Ridge, había pegado los trozos.

Las chicas de la foto le parecieron fantasmas: una tenía el pelo castaño; la otra, rubio. Habían sido amigas desde la escuela, se querían de forma incondicional y lo compartían todo.

Pero había ciertas cosas a las que incluso las mejores amigas tenían prohibido el acceso.

Capítulo Tres

Mientras Dex volvía a casa, el sonido del móvil le distrajo de sus pensamientos, centrados en Shelby. Era su hermano Wynn, desde Nueva York. Wynn era tenaz como su padre y bondadoso como su madre. Deseaba formar una familia y gozar de la felicidad que habían experimentado sus padres antes de que la madre muriera.

Tal vez lo llamaba por eso, pensó Dex. Tal vez al enterarse del compromiso matrimonial de Cole, su otro hermano, Wynn iba a anunciarle el suyo. Lo cual sería lógico, ya que él y su novia, la fotógrafa Heather Mills, hacía dos años que eran inseparables.

–¿Has recibido el mensaje de Cole? –preguntó Dex–. Me parece increíble que haya encontrado a la mujer de sus sueños.

–Es una noticia estupenda. Me alegro por él.

–¿No hay posibilidades de que Heather y tú hagáis lo mismo?

–Heather y yo… Vamos a darnos un tiempo para replantearnos nuestra relación.

Dex estuvo a punto de salirse de la carretera. En Sídney le había parecido que estaban locamente enamorados.

–En realidad –prosiguió Wynn–, lo hemos dejado. Seguimos siendo buenos amigos.

–¡Por Dios, Wynn! Lo siento mucho.

–Aunque en Australia ya es media tarde, Cole no responde a mis llamadas ¿Sabes algo nuevo de la situación de papá?

–Ya sabes que, después del primer incidente en que lo hicieron salirse de la carretera, volvieron a dispararle y no lo alcanzaron por unos milímetros. Por suerte, cuando lo intentaron por tercera vez, estaba con su guardaespaldas.

–Había ido a ver al tío Talbot.

–Parece que, al cabo de los años, papá quería limar asperezas.

Hacía varias décadas que Guthrie había asumido la presidencia de Hunter Enterprises, a la sazón un negocio familiar dedicado exclusivamente a la prensa escrita. Aunque a su hermano le asignaron un puesto de responsabilidad, se sintió marginado y acabó abandonando la empresa. Desde entonces, los hermanos seguían peleados.

Unos años antes, después de haber sufrido una operación de corazón, Guthrie dividió la empresa entre sus hijos. A Wynn le había tocado la editorial, lo cual no era una ventaja, ya que, en medio de la revolución digital, se necesitaba tanto inteligencia como nervios de acero para sacarla adelante.

–El guardaespaldas persiguió al tipo que había atacado a papá, ¿verdad? Es increíble que el criminal saliera corriendo entre los coches y que acabaran atropellándolo.

–Parece que había tenido un problema laboral en una de nuestras empresas. La historia hubiera debido terminar cuando ese tipo no recuperó el conocimiento.

Pero lo peor estaba por llegar. Poco después del ataque frente a la casa del tío Talbot, a su padre lo habían vuelto a asaltar a plena luz del día y habían estado a punto de secuestrarlo, junto a Tate, su hijo menor. Dex hubiera dado un ojo de la cara por saber quién se hallaba detrás de aquellos ataques.

–Tate va a venir a verme –le dijo a Wynn–. Papá quiere que se vaya lejos, por si surgen más problemas. También quería que Eloise, su nueva esposa, se marchara. Pero, como su embarazo está muy avanzado, va a quedarse.

–Supongo que quiere estar con su marido.

–Lo ves todo de color de rosa.

–Aunque no aprobemos el nuevo matrimonio de papá, debemos apoyarlo.

Dex se preguntó si Wynn sabía que la Nochebuena anterior, cuando toda la familia estaba reunida, Dex había sorprendido a su querida madrastra intentado besar a su hermano Cole, que la había rechazado, asqueado, y había salido a toda prisa de la habitación.

Durante cierto tiempo, Dex se debatió, suponía que igual que Cole, entre contárselo a su padre o no hacerlo, ya que a nadie le gustaba descubrir que a un ser querido lo engañaban. Pero ninguno de los dos hermanos quería causar problemas a su padre.

Wynn dijo que ya volverían a hablar y colgó al tiempo que Dex llegaba al garaje. Entró en la casa por la puerta de la cocina y, de camino al salón, olió a humo. Por las puertas correderas de cristal vio que algo rojo se movía fuera, en la pradera del jardín.

Dex salió y halló sobre el césped un ataúd en miniatura que ardía. El mensaje era claro.

Hacía poco que había recibido una carta amenazadora: si no pagaba, saldría a la luz un desgraciado incidente sucedido años antes, en el que había intervenido su amigo Joel, que había incendiado un edificio industrial. Por suerte, estaba vacío, pero eso no excusaba el acto criminal de su amigo ni tampoco el que él se hubiese callado después de ser testigo.

Dex no se había tomado la carta en serio. Pero en aquel momento se preguntó si aquello no estaría relacionado con los problemas de su padre, si quien estaba detrás de los intentos de asesinato de su padre no estaría ampliando su campo de acción.

En cuyo caso, ¿cómo iba a dejar que Tate estuviera con él?

Capítulo Cuatro

–Por favor, ¿no puedes llevarme contigo cuando te vayas?

Shelby dejó de frotar la mesa con un paño y sonrió a su amiga, otra camarera.

–Esto no está tan mal –le dijo a Lila Sommers–. Además, seguro que en seguida tienes noticias de tu solicitud para estudiar en la universidad. ¡Dos carreras! ¡Qué cerebro hay que tener!

–No soy tan inteligente, ya que no he conseguido un trabajo con uno de los solteros más codiciados de la ciudad. Dex Hunter lleva viniendo aquí toda la vida a tomar hamburguesas de queso con patatas.

–Ser soltero no implica necesariamente que se lo rifen a uno.

–Vale. Digamos que el tipo tiene carisma, es guapísimo y le sobra el dinero.

Esa mañana, Shelby le había contado a Lila lo sucedido la noche anterior y que al ver el vídeo de Tate había decidido proporcionarle la estabilidad que necesitaba durante su estancia con su hermano.

–Supongo que querrás tener hijos algún día –dijo Lila.

–Primero tengo que encontrar al padre adecuado.

–Tal vez lo sea Dex Hunter.

–¿No te ha advertido tu madre que hay que tener cuidado con los tipos encantadores?

–Mi madre odia a los hombres, a causa de mi padre, por lo que siempre me ha dicho que me mantenga alejada de ellos.

–Lo siento, Lila.

–Es algo entre ellos. Mi padre y yo nos llevamos bien. Va a pagarme la matrícula en la universidad, si consigo que me admitan.

–Yo no odio a los hombres, pero quiero mantenerme alejada de ellos durante un tiempo.

–No me lo hubiera imaginado al ver cómo mirabas a Dex ayer, aunque no tienes nada de lo que avergonzarte. Si un tipo así mostrase tanto interés por mí, me derretiría.

Shelby se puso colorada y acabó de colocar las sillas alrededor de la mesa.

–Tenemos trabajo. Pronto empezará a llegar la gente para comer.

–¿No sería un sueño hecho realidad que os enamorarais, os comprometierais y…?

–Déjate de cuentos de hadas. Voy a trabajar para Dex Hunter, y nuestra relación será exclusivamente profesional o no trabajaré para él.

–Estupendo, me ha quedado claro.

Al oír la voz masculina y ver la expresión de sorpresa en el rostro de Lila, Shelby contuvo la respiración y se volvió lentamente. Allí estaba Dex, que esbozaba una sonrisa burlona. Tenía una actitud relajada, pero sus ojos castaños poseían la misma intensidad y el mismo deseo que la habían dejado temblando la noche anterior.

¿Qué hacía allí?

–¿Qué pasa? –preguntó ella–. Estás sudando –añadió al ver que tenía gotas de sudor en la frente.

–Hace calor. He venido a decirte que ha habido un cambio de planes.

–¿No va a venir Tate?

Lila intervino.

–¿Se da cuenta de que ya ha dicho al jefe que deja el trabajo?

–Tate va a venir –les aseguró él–. Llega mañana.

–Anoche me dijiste que vendría dentro de una semana.

–He llamado por teléfono a Sídney esta mañana para organizar algunas cosas. Cole, uno de mis hermanos, el que vive en Australia, va a tomarse un año sabático. Y quiere que Tate se vaya antes de que él lo haga. Mi padre está de acuerdo.

–Pues no pareces tan contento como antes.

Él se sentó y Lila le sirvió café.

–Anoche recibí otras noticias y necesito una nueva vivienda hasta que se resuelvan ciertos problemas en mi casa. Hay ratas en el sótano, por lo que he reservado una suite en un hotel de la ciudad, y quiero que me ayudes a organizarla.

Shelby se sentó a su lado.

–Esas sillas son solo para los clientes –le gritó el señor Connor, su jefe–. Ella está aquí para servir mesas –dijo dirigiéndose a Dex–. Usted es un buen cliente, pero yo tengo que cuidar mi negocio. Si quiere, ya sabe, charlar, hay otros sitios para hacerlo.

Shelby se enfureció. ¿La acababa de llamar el señor Connor lo que pensaba?

–Un momento…

–Deja que me ocupe yo de esto –la interrumpió Dex–. Es obvio que no estoy hablando de eso con la señorita Scott –añadió dirigiéndose al señor Connor. Le he ofrecido un empleo. Creo que ya le ha dicho que deja este trabajo.

–Sí, pero tendrá que seguir hasta el fin de semana.

–¿Y no podría dejar que se fuera antes?

–¿Cuándo?

–Ahora mismo –Dex sacó la cartera–. Estoy seguro de que llegaremos a un acuerdo –sacó varios billetes.

–Muy bien –dijo el señor Connor extendiendo la mano–. Pero le aviso que ella no lo vale.

Dex le metió los billetes en el bolsillo de la camisa.

–Esta cantidad le compensará cualquier molestia que le hayamos causado. Y estoy seguro de que todos deseamos que sea una despedida amistosa –se sacó otro par de billetes y se los entregó a Lila–. Gracias por el servicio impecable que siempre me ha ofrecido. Me gusta mucho la comida que sirve, aunque su jefe sea un imbécil.

Dex agarró de la mano a Shelby y salieron del café.

–Connor estaba congestionado del enfado –observó ella.

–Es un zopenco –se pasó la mano por el estómago e hizo una mueca–. Tengo hambre.

–¿Te entran ganas de comer cuando te enfadas? Cuando a mí me entran ganas de darle un puñetazo a alguien, me subo a mi caballo y cabalgo durante un rato.

–Es mejor zamparse unas buenas crepes.

–Sí, mucho mejor para conservar la línea.

Él se detuvo y la miró. Estaba guapísima con aquel uniforme. Era difícil no fijarse en sus curvas u olvidarlas. Seguía llevándola de la mano. Carraspeó y la soltó.

–¿Has contratado a alguien para que te libre de las ratas? –preguntó ella mientras sacudía la mano. Él pensó que se la debía de haber apretado mucho.

–No te preocupes por eso. Vamos a organizarnos. Haremos una lista de los alimentos que necesitamos para que nos los lleven a la suite.

–Yo prefiero recorrer los pasillos de un supermercado.

–¿Por qué?

–Porque a veces no sé lo que quiero hasta que lo veo.

Así que fueron a un supermercado y compraron cosas básicas: pan, huevos, carne, galletas y verduras y hortalizas, entre ellas espinacas, que, según Shelby, eran fundamentales para un niño. Dex las detestaba.

Después llegaron al hotel Beverly Hills. Un botones se llevó las bolsas con la comida y Dex fue a recepción a registrarse. Subieron a la suite y, ya en la cocina, donde les habían dejado la comida, él abrió una de las bolsas e hizo una mueca de asco.

–Ya veo que no te gustan las espinacas. Pues tienen muchas vitaminas –Shelby sacó una bolsa de zanahorias–. Estas tienen fibra y vitamina A.

–Me gustan más las patatas, sobre todo fritas.

–Tengo una receta especial para hacerlas –apuntó ella.

–No tienes que cocinar.

–¿Ni siquiera mi especialidad? ¿Un jugoso solomillo?

–¿Cómo me dices eso cuando sabes el hambre que tengo?

Ella se alejó de la despensa mientras él iba hacia la

nevera, y chocaron. Él le rodeó la cintura con el brazo para sostenerla. Ella rio. Pero a él la sangre le circuló más deprisa cuando lo senos de ella le rozaron accidentalmente el pecho.

Se separaron y siguieron colocando la comida.

–Se me había olvidado decirte que tu amigo ha estado en el café esta mañana. Pasó por allí antes de salir de la ciudad.

–¿Te refieres a Rance?

–Me preguntó si quería trabajar como su ayudante –dijo ella mientras agarraba la mantequilla–. Me sentí halagada.

–Pero no aceptaste.

–Puede que me equivoque, pero creo que el señor Loggins desea algo más en una ayudante de lo que estoy dispuesta a darle. Así se lo he dicho, y él se ha limitado a sonreír.

Ella dejó la mantequilla en la nevera y sus miradas se cruzaron.

–Si te hago una pregunta, ¿me dirás la verdad?

–Por supuesto.

–No tienes ratas en el sótano, ¿verdad?

Dex se apoyó en la encimera y se cruzó de brazos. La noche anterior se había preguntado si las amenazas que había recibido tendrían relación con su padre, pero había decidido que no era así. Quien estuviera intentando extorsionarlo era un cobarde que no se atrevía a enfrentarse a él.

Le hubiera gustado poder volver atrás y cambiar las cosas.

Tres años antes, su amigo Joel Chase le había jurado que, aunque había ido al edificio con la intención de prenderle fuego, una vez allí se había arrepentido. Sin embargo, en vez de soplar para apagar la cerilla, había intentado hacerlo agitando la mano y, al final, se le había caído encendida. Dex no sabía qué hacer. Dado que no había habido víctimas y que Joel estaba arrepentido, decidió no decir nada. Joel tenía mucho más que perder que él si la verdad se descubría.

Pero aquella tormenta pasaría, ya que Dex no estaba dispuesto a dejarse extorsionar. Si Tate no fuera a hacerle una visita, hubiera tendido una trampa a su adversario y se hubiera enfrentado a él. De momento, le bastaba con haber puesto cámaras de seguridad.

–Digamos que tengo que dejar mi casa durante un tiempo.

–Si hay algo que debas contarme, mejor que lo hagas ahora –insistió ella.

–No tienes nada de que preocuparte.

–He aprendido que cuando siento que me sube un cosquilleo por la espalda, debo hacerle caso.

–¿Es que alguna vez no se lo has hecho?

–No estamos hablando de mí –dijo ella mientras guardaba un paquete de café.

Dex no quería asustarla. Pensó que hubiera sido mejor no hacerle esa pregunta, pero le gustaría saber algo de su pasado. ¿Ese cosquilleo tenía que ver con Reese y Kurt?

Ella tiró a la basura la última bolsa de la compra.

–Ya hemos terminado.

–Vamos a ver cómo es esto –propuso él.

El salón era amplio, con televisión de plasma y un enorme sofá. Shelby se acercó a las puertas correderas que daban al exterior.

–¿Podemos retirar la mesa y las sillas de ahí fuera?
–era una medida de seguridad para niños curiosos que trepaban como monos.

–Hecho.

–¿Por qué has optado por una suite de un hotel en vez de por una casa?

–Tate tendrá todo lo que necesita: piscina, parque infantil y una sala de juegos –miró la enorme pantalla del televisor–. Necesitaremos videojuegos.

–Prefiero juegos a los que podamos jugar juntos: libros, pinturas y construcciones.

–Estás chapada a la antigua.

–No, se llama dedicación.

–¿Y tú la tienes?

Ella, perpleja, soltó una carcajada.

–Desde luego. Me dedico a todos los niños a los que cuido.

Capítulo Cinco

Dos días después, en la puerta de llegadas del aeropuerto, el corazón de Shelby estuvo a punto de estallar al ver a Dex levantar a su precioso hermano y dar vueltas con él.

–¿Qué tal el vuelo? –le preguntó Dex–. ¿Se han portado bien contigo las azafatas?

–Papá me ha puesto una señora que ha estado sentada conmigo todo el rato –Tate señaló la riada de pasajeros que salía por la puerta–. Es esa.

Era una mujer de mediana altura, de cabello rubio recogido en una cola de caballo que le llegaba a la cintura, grandes ojos azules, de complexión ágil y en excelente forma física. Parecía orgullosa y segura de sí misma.

Dex la miró, perplejo.

–Nadie me había dicho que…

La mujer se le acercó y levantó las manos.

–Queríamos darte una sorpresa, tonto.

Tate no dejaba de reírse.

Dex abrazó a la mujer.

–¿Qué haces aquí?

–He ido a Sídney a ver cómo estaba papá, que insistía en que Tate viniera aquí lo antes posible. Así que adelantamos los preparativos y me ofrecí a acompañarlo. Y aquí estamos.

Shelby no entendía por qué Guthrie Hunter tenía tanta prisa en que su hijo se fuera a Los Ángeles. ¿Acaso no se trataba de unas vacaciones?

Con Tate en brazos, Dex hizo las presentaciones.

–Teagan, esta es Shelby.

Shelby asintió y sonrió.

–Shelby acaba de llegar a la ciudad y se ha ofrecido a ayudarme a cuidar a este pequeñajo.

–Tu hermano me ha enseñado un vídeo en que apareces tú jugando con las olas –le dijo ella al niño.

–Me encanta la playa.

–¿Cuánto hace que salís? –preguntó Teagan.

–No, no –dijeron los dos a la vez.

–He contratado a Shelby –explicó Dex– como niñera de Tate.

–Había supuesto que… Teagan sonrió–. Bueno, encantada de conocerte.

Recogieron el equipaje y fueron al aparcamiento. Mientra ponían el cinturón de seguridad a Tate, Teagan murmuró al oído de Shelby:

–Perdona el malentendido. Pero no es descabellado pensar que formáis pareja. Si no tuvieras tanto glamour y no fueras tan alta y guapa…

–¿Glamour? ¿Yo? ¿Con un sencillo vestido de algodón y sin maquillaje?

–Bueno, aunque ahora seas niñera, apuesto lo que quieras a que, si te quedas en Los Ángeles, un cazatalentos te descubrirá.

–Pero no quiero que me descubran.

–¿No aspiras a ganar millones de dólares y a que la gente te adore y esté pendiente de ti?

Shelby se estremeció.

–No me gustan las multitudes.

Teagan la miró sorprendida y contenta a la vez.

–Podéis hablar en el coche –dijo Dex. Tenemos que llevar a Tate a casa. Debe de tener hambre.

Teagan se sentó delante y Shelby lo hizo detrás.

–Dex y yo hicimos la compra ayer. Hay muchas cosas para comer en casa.

–Me encanta tu chalé de la playa, Dex –dijo Teagan mientras se abrochaba el cinturón.

–En realidad, vamos a un hotel.

–No me digas que has vendido el chalé. Presumías delante de todos de la vista que tenía.

–Este alojamiento es temporal –afirmó Dex mientra arrancaba.

–Supongo que querrás que te hable de papá –dijo Teagan.

–El chichón que tiene en la cabeza va mejor –apuntó Tate.

–Estupendo –respondió Dex. Luego se dirigió a Shelby–. Teagan tiene un gimnasio en Seattle.

–¿No trabajas en el negocio familiar, Teagan?

–Es una rebelde –bromeó Dex mientras le apretaba un hombro a su hermana.

–Quería salir adelante por mí misma.

–Admirable –apuntó Shelby.

–Así que viste a Cole mientras estuviste en Australia –dijo Dex.

–Me llevé una grata sorpresa. Tendrías que conocer a nuestro hermano mayor –explicó Teagan a Shelby– para entender que diga que es un maniático del control que vuelve loco a todo el mundo. Pero parece que ha cambiado un poco al darse cuenta de que hay cosas más importantes en la vida que decir a los demás lo que deben hacer.

–Parece que podrías reconsiderar trabajar en la empresa –observó Dex.

Teagan fingió no haberlo oído.

–Su novia, Taryn Quinn, es un cielo. Es resuelta e inteligente; la pareja perfecta para Cole.

–Estoy deseando que se celebre la boda –afirmó Dex con una sonrisa.

–¿Estás casada, Shelby? –preguntó Teagan.

–No.

–¿Tu acento es de Texas?

–Shelby viene de Mountain Ridge, un pueblo de Oklahoma –le explicó Dex.

–Tenemos un rancho– dijo Shelby.

–¿Te gusta esa vida? –preguntó Teagan.

–Mucho.

–Si no buscas la luz de los focos, ¿qué te ha hecho venir a Los Ángeles?

Shelby percibió también la curiosidad de Dex. Se le aceleró el pulso, pero adoptó una expresión tranquila.

–Había llegado la hora de ver mundo.

–Entonces, California solo será el principio –observó Teagan.

–Deja de darle ideas –gruñó Dex–. Quiero que se quede conmigo una temporada.

Shelby lo estudió por el espejo retrovisor. Sonreía y parecía resuelto y sincero. Por primera vez, se sintió segura al haber accedido a sus condiciones.

***

–¿Me puedo tomar otra magdalena antes de irme a la cama?

Dex, Shelby, Teagan y Tate estaban en el salón de la suite del hotel. Shelby les había preparado para cenar un magnífico asado con guarnición y había hecho magdalenas.

Dex miró a su alrededor.

–¿Adónde ha ido Tate?

Teagan lo divisó en la cocina en busca de otra magdalena. Salio corriendo a agarrarlo.

–De eso nada –dijo su hermana mientras se llevaba de la cocina a un soñoliento Tate.

–Después de un vuelo tan largo, debéis de estar cansados –dijo Shelby.

–Yo no –respondió Tate abriendo un ojo.

Dex rio. Cuando tuviera hijos, en un futuro muy, muy lejano, esperaba que fueran como Tate.

–Tenemos mucho tiempo por delante, hermanito.

–Mucho –le aseguró Teagan antes de murmurar al oído de Dex–: Espero que la policía detenga pronto a ese tipo.

Dex miró a Shelby, que tenía el ceño fruncido como si no entendiera lo que le había dicho Teagan. Dex había pensado decirle a su hermana que no mencionara lo que estaba sucediendo en Australia. Pero era posible que Tate hablara del incidente en que se había visto involucrado hacía poco, por lo que no le dijo nada.

–Tate, cariño, ¿te acuesto? –propuso Shelby–. Mira todos estos cuentos –añadió indicándole los que había desplegado sobre la mesa–. Podemos leer uno juntos.

–Quiero que me acueste Teagan.

Esta preguntó con la mirada a Shelby si le parecía bien, y ella le respondió afirmativamente de la misma manera.

–Da un beso a tu hermano y a Shelby antes de marcharnos.

El niño abrazó a su hermano y, después, miró a Shelby mordiéndose el labio inferior.

–No pasa nada –dijo ella guiñándole el ojo–. A mí también me dan vergüenza esas cosas. Hasta mañana.

Teagan y Tate se dirigieron a su dormitorio.

Shelby lanzó un suspiro.

–Voy a lavar los platos.

–Pueden esperar hasta mañana.

–Prefiero hacerlo ahora.

–Por la mañana.

–Ahora.

–Eres muy cabezota.

–No es verdad.

Pero se relajó y se recostó en el sofá.

–Es natural que Tate quiera estar con su hermana. Me cae bien Teagan.

–Me parece increíble que ya haga cuatro años que abandonó el nido.

–¿Se lleva bien con vuestra madrastra?

–Mejor que Cole y que yo, lo cual es mucho.

–¿Eloise Hunter tiene una larga nariz con una verruga en la punta? ¿Intenta convencer a niños inocentes de que se coman una manzana envenenada?

–No tiene verruga alguna. Y en este cuento, los niños ya están creciditos.

–¿Te refieres a que ha intentado haceros daño a tu hermano y a ti?

–Eloise no es mucho mayor que Cole. Y sé de buena fuente que el sexo opuesto le resulta atractivo. Pero no quiero que te hagas una idea equivocada del hogar en que se está criando Tate.

–Pues has conseguido que me preocupe.

–A Eloise le atraen los hombres poderosos. Y carece de escrúpulos.

–¿Se le ha insinuado a Cole, a su hijastro? –preguntó Shelby, asqueada.

–Es una mujer mimada, que se aburre…

–Y que intenta seducir a los miembros de su familia –ella se estremeció–. ¿Y el tipo del que hablaba Teagan? ¿Ese al que esperaba que detuviera la policía?

Dex le dio detalles de los recientes atentados que había sufrido su padre, incluyendo aquel en el que casi lo habían secuestrado con Tate.

–Intervino alguien que pasaba por allí. Gracias a ello no los metieron en una camioneta y… ¿Quién sabe lo que hubiera sucedido? Por eso, Tate va a quedarse aquí durante un periodo indefinido.

–¿Por qué no me lo habías dicho?

–Esperaba el momento oportuno para hacerlo.

–No debieras haber aplazado algo tan importante.

–Aquí no hay peligro.

–Esperemos.

–Todo esto ha sucedido en Australia y va dirigido contra mi padre, no contra Tate. Él estaba en el lugar inadecuado y en el momento inoportuno.

–Entonces, ¿no tiene que ver con las ratas del sótano?

–En absoluto.

Ella le examinó el rostro y se convenció de que le había dicho la verdad.

43

Dex fue a la habitación de sus hermanos. Cuando volvió le dijo a Shelby:

–Se han quedado fritos los dos. Teagan está roncando. Lo ha hecho toda la vida. Recuerdo una vez, cuando tenía catorce años, en que parecía un tren atravesando un túnel. La imité mientras desayunábamos.

–Espero que te diera un tortazo.

–Me echó encima una taza de leche fría. Mi madre me dijo que me limpiara y que le pidiera perdón. Pero, por otro lado, a ella le encantaba meterme ranas en las botas de fútbol.

Ella se echó a reír.

–Por suerte, no espachurré ninguna, a pesar de que tengo los pies grandes.

–Ya lo he visto.

Cuando ella dejó de reírse, se quedaron mirándose a los ojos.

Y Shelby los tenía preciosos.

Al volver de comprobar si sus hermanos dormían, Dex se había sentado un poco más cerca de ella. Y las piernas de ambos estaban muy próximas.

–Creo que esto saldrá bien –observó él.

–Y yo creo que voy a acostarme –dijo ella.

–Ha sido un día largo para todos.

–Pero un buen día.

Él también lo pensaba.

–Si necesitas que te ayude en algo –él la miró los labios durante una décima de segundo–. Quiero decir que si necesitas ayuda para probar nuevas recetas de magdalenas… Se me ocurren algunas ideas.

–¿Novedosas o más bien tradicionales?

–Me da igual, con tal de que estén dulces y jugosas –dijo él mientras estiraba un brazo a lo largo del respaldo sofá.

–Entiendo. ¿Algún consejo sobre el calor del horno?

–Debe ser alto y constante.

–¿Y el resultado sería…?

–Algo que se te desharía en la boca.

La tentación era grande. Dex se inclinó hacia ella y cuando sus labios se rozaron ambos sintieron una descarga eléctrica. Ella cerró los ojos y él volvió a inclinarse.

Shelby abrió los ojos e interpuso la mano entre ambos.

–Pareces todo un experto, pero me temo que no dejo a nadie que se acerque a la cocina.

Él frunció el ceño.

–¿A nadie?

Ella se apartó.

–No estoy aquí para eso.

–Ya lo sé, pero…

–¿No has conquistado ya a suficientes mujeres?

–Esto no tiene nada que ver con eso.

–¿Y si tu hermano hubiera aparecido hace unos segundos? Acaba de pasar por una experiencia terrible.

–No me parece que lo que íbamos a hacer fuera terrible.

–Si has visto a tu madrastra insinuándose a otro hombre que no es tu padre, tal vez el niño lo haya visto también. No tiene por qué ver a dos adultos besuqueándose en el sofá.

Dex no supo qué responder.

No había planeado que aquello sucediera, pero la verdad era que deseaba besar a Shelby; mejor dicho, deseaba desnudarla y hacerle el amor hasta el amanecer. Era una mujer inteligente y divertida, y su sonrisa lo hacía feliz. Y sabía cocinar. ¿Cómo no iba a sentirse atraído por ella?

Pero su comportamiento había estado fuera de lugar. Era su empleada.

Además, ella le había dado un argumento de peso. Tate había sufrido un intento de secuestro, por lo que no debía ponerlo en situación de presenciar algo que pudiera confundirlo o trastornarlo.

—Tienes razón –le dijo a Shelby antes de levantarse–. Voy a darme una ducha fría y a acostarme. Y no te preocupes: te doy mi palabra de que mientras estés aquí no volveré a tocarte.

Capítulo Seis

Dos días después, los cuatro fueron a Disneylandia. Tate se lo pasó de maravilla. Dex nunca lo había visto tan contento. Al contemplarlo dando saltos por toda partes, con la mirada extasiada, volvió a pensar en un estadio inevitable de la vida: el de tener hijos.

Pero solo tenía treinta años. Tenía mucho tiempo para hacer frente a esa responsabilidad, aunque sus hijos resultaran ser tan adorables como Tate.

Entonces, ocurrió el desastre.

—¿Te marchas, Teagan? —preguntó Tate haciéndose oír por encima de los gritos de quienes montaban en la montaña rusa.

—Ya te dije, cariño, que no podía quedarme.

La habían llamado al móvil y el niño había oído que debía irse.

—Lo hablaremos después.

—Después te habrás ido —afirmó el niño.

En Sídney, Cole estaba con Tate cuando podía, pero Tate no podía ver a sus otros hermanos de forma regular. Sin embargo, los días anteriores, Teagan y él habían estado juntos mucho tiempo. Ella, de veintiséis años, podía ser su madre, y estaba por la labor. Eloise Hunter, por el contrario, dejaba que otros se ocuparan del niño.

—Tengo clientes que me esperan en Seattle —explicó Teagan a su hermano intentando no sentirse culpable.

–No quiero que te vayas.

–¿Y si vienes a verme cuando acabes de estar con Dex?

–¿No puedo ir ahora?

–Ahora tengo que ver a un cliente.

A Tate se le llenaron los ojos de lágrimas.

–Vale, dejaré la cita de mañana y me quedarse un par de días más, si a Dex y a Shelby les parece bien.

–Quédate el tiempo que quieras –dijo Dex.

A pesar de su estoicismo, se notaba que Teagan estaba molesta por no acudir a la cita.

–No, Teagan –dijo Tate tragándose las lágrimas–. Vete.

–No. Solo era una cita para ir a un partido.

–¿Un partido de béisbol? Me encanta el béisbol.

–Tengo una idea –dijo Teagan–. ¿Y si intento conseguir otra entrada para el partido? No te puedo prometer nada hasta que no haga una llamada. Son entradas especiales –le apretó la mano a Dex. ¿Te importa que me lo quede una semana?

–Claro que no.

Solo quería que el niño estuviera contento y a salvo.

Tate abrió los brazos para que Dex lo abrazara. Cuando este lo hizo, le susurró:

–Te quiero, Dex.

–Y yo a ti. No te pases con el tofu. Tu hermana es un encanto, pero tiene extraños hábitos a la hora de comer.

–Te lo prometo. ¿Puedo subirme otra vez a la montaña rusa?

–Antes, voy a haceros unas fotos –dijo Shelby, con

los ojos empañados de lágrimas–. Primero os sacaré a vosotros dos.

Después les hizo una foto a los tres y luego otra a Teagan y Tate. Luego, Teagan agarró el teléfono de Shelby.

–Ahora vosotros dos –dijo dirigiéndose a Dex y Shelby– agarros por la cintura.

Desde su brevísimo encuentro, Dex se había portado muy bien, lo cual le había supuesto un gran esfuerzo. Esperó a que fuera ella la que se pusiera a su lado. Sonreía, insegura, como si temiera que Teagan fuera a leerle el pensamiento y a descubrir el beso clandestino que se había dado con su hermano.

Los dos sonrieron, Teagan disparó y Dex soltó el aire de los pulmones. Pero cometió el error de volverse hacia Shelby en el mismo instante en que ella lo miraba. Sus miradas se cruzaron, la sonrisa se les evaporó y sintieron el mismo deseo que la noche del sofá, solo que más intenso. El mundo se detuvo y lo único en lo que pensó Dex fue en el beso que se habían dado.

Volvió a la realidad y miró a su alrededor. Tate chillaba y daba volteretas. Los tres se echaron a reír al verlo.

–¿Qué te pasa? ¿Quieres que te contraten en Disneylandia?

–Sabía que os gustabais –gritó Tate–. Ibas a besar a Shelby y ella te iba a devolver el beso –se llevó las manos a la boca y lanzó un beso gigante con sonido incorporado.

Mientras Shelby trataba de tranquilizarse y negaba con la cabeza como si no supiera de qué hablaba Tate, Dex se puso a reflexionar.

Tate era inteligente, pero solo tenía cinco años. Si hasta él se daba cuenta de lo que sentía Shelby, las cosas iban mal. ¿O iban bien? Tate se marchaba al día siguiente a Seattle.

Shelby y él volverían a estar solos.

–Mientras Tate esté fuera, volveré a mi piso –dijo Shelby.

Dex acababa de entrar. Venía de llevar al aeropuerto a sus hermanos para que tomaran el avión a Seattle. Shelby estaba en medio del salón de la suite, con una bolsa de viaje a sus pies.

–Tate volverá dentro de poco. Ya has trasladado tus cosas aquí.

–Solo es una bolsa. No he dejado mi piso precisamente para situaciones como esta.

–¿Para situaciones en las que estemos solos?

Shelby contuvo la respiración, pero si él podía ser directo, ella también.

–Me has contratado para cuidar a un niño. Como Tate no está, no sé bien qué hago aquí.

–¿Y lo demás?

–Sé lo que planeas –afirmó ella alzando la barbilla–. Pero me prometiste que olvidarías lo sucedido la otra noche.

–No te lo prometí.

Ella puso los brazos en jarras y retrocedió mientras él se le acercaba.

–Sé que quieres volver a besarme. Y… creo que yo también.

Esa noche en que apenas se rozaron sus labios, el

tiempo se detuvo y ella sintió la irresistible necesidad de entregarse a él. Nunca había experimentado un deseo sexual parecido.

Tal vez esa intensidad era más psicológica que física, una especie de proyección que la ayudara a enfrentarse a lo sucedido en Mountain Ridge. Pero, desde el principio, se había sentido atraída por Dex,

Agarró la bolsa de viaje.

–No quiero que se compliquen las cosas.

Cuando él se plantó frente a ella, la cabeza comenzó a darle vueltas. Pero ella no había firmado un contrato para eso, por muy sexy, encantador y convincente que fuera él.

Pasó a su lado y al llegar a la puerta se volvió.

–Volveré cuando lo haga Tate.

Él se sentó en el sofá y cruzó los brazos y las piernas. Estaba relajado… e irresistible.

–¿Y si no vuelves?

–Tenemos un contrato.

–Como si fuera a denunciarte si lo incumples.

–No trabajo así.

–Siempre sigues las reglas, ¿verdad?

–Así es.

–¿Y si te prometo no aprovecharme de la situación?

Eso implicaría que ella también tendría que prometérselo, y con el cosquilleo que sentía por todo el cuerpo le resultaría imposible. Se excitaba solo con mirarlo.

–Ya te lo he dicho –contestó abriendo la puerta–. Es demasiado complicado.

Él se levantó y fue hacia ella.

–No me queda más remedio que admirar tu sentido

de la ética. Tal vez debería imitar tu política de que lo mejor es la abstinencia.

Ella se enfureció. ¿Acaso parecía virgen? Aunque no había nada de malo en serlo.

—Ya te tenido sexo.

—Preferiría que no usaras esas expresiones en mi presencia.

—Muy bien. No lo haré mientras me llevas a casa.

Ella estaba bromeando, pero Dex no sonrió. Parecía consumido de deseo. Si la agarraba y le robaba un beso ardiente, ¿tendría ella la fuerza suficiente para recharzarlo?

Cuando él se dirigió al teléfono del salón para pedir que le prepararan el coche, ella soltó el aire que había estado conteniendo.

Durante el trayecto, apenas hablaron. Dex la acompañó hasta la puerta del edificio.

—Tienes la llave de la suite si la necesitas. Y te ingresaré el dinero del sueldo en tu cuenta.

—No me lo he ganado.

—En el contrato se estipula que el sueldo se pagará mensualmente durante los próximos seis meses. Y no te olvides de que estás de servicio.

Cuando Tate volviera.

—Y tú no te olvides de comer hortalizas. Te harán bien.

Él sonrió mientras negaba con la cabeza y se alejaba.

En el piso, Shelby halló todo como lo había dejado: el mismo sofá barato, las mismas encimeras de formica en la cocina y las mismas cortinas viejas en el dormitorio. Dormir en la suite de un hotel de Beverly Hills te volvía muy exigente.

Dejó la bolsa de viaje y el bolso, del que sacó la foto que había estado a punto de perder. Sus recuerdos la hicieron regresar a una época en la que la vida parecía sencilla, en la que su madre vivía, en la que creía en príncipes montados en caballos blancos.

Las dos chicas de la foto ya no eran amigas, pero eso no borraba su historia. Ella había conservado las fotos durante una década. Seguramente, Reese habría tirado su copia o la habría escondido, ya que no querría que Kurt la viera.

¿Se sentiría Reese avergonzada de lo que había hecho? Si se hubieran intercambiado los papeles, el sentimiento de culpa no habría dejado vivir a Shelby. Pero ella nunca hubiera hecho algo así.

Dejó la foto en la cómoda. Tenía que hacer la compra y llenar la nevera. No le apetecía quedarse en casa, pero menos aún le apetecía salir. Fue al salón y encendió el televisor. Estaban poniendo una película antigua, una historia de amor. Shelby se sentó a verla hasta el final, y acabó llorando.

Mientras salían los títulos de crédito, se dio cuenta de que se había olvidado durante un rato de que estaba en su casa porque tenía que mantener una relación profesional con Dex en aras de los intereses de Tate. Pero Tate estaba con Teagan. Reese estaba con Kurt. Y ella estaba allí.

Consecuente con sus principios y sola.

Capítulo Siete

Dos días después, cuando Dex entró en la suite después del trabajo, supo que tenía compañía.

Al llegar al salón vio un bolso que enseguida reconoció, y esbozó una sonrisa de oreja a oreja. Shelby había vuelto y algo delicioso se cocinaba en la plancha. Por suerte, no había cenado.

Ella apareció con los cubiertos en una mano y las servilletas en la otra. Al verlo se detuvo y le sonrió

—No sabía a qué hora llegarías.

—Huele a carne.

—Con salsa de setas.

—Me encantan las setas. Y tengo un vino perfecto para acompañarlo. ¿Bebes vino?

—Sí, un poco.

Él descorchó una botella de tinto y la llevó a la mesa junto con las copas. Shelby volvió con dos enormes solomillos. En la mesa ya había ensalada y puré de patatas. Él sacó la silla para que ella se sentara.

—¿Qué te ha hecho cambiar de idea? —preguntó él después de haberse sentado.

—No te ofendas, pero me aburría.

—¿Significa eso que vas a quedarte? —preguntó él antes de cortar un trozo de carne, llevárselo a la boca y suspirar satisfecho.

Ella asintió.

–Brindemos por ello.

Tras tomar un sorbo de vino, ella dejó la copa en la mesa y dijo:

–Tenemos que establecer una serie de normas. Cocinaré y me encargaré de la colada. Que quede claro que el hecho de que me quede no significa que me vaya a acostar contigo.

–Tampoco te imagino haciéndolo.

–Entonces, de acuerdo. ¿Cómo está el solomillo?

–No está mal –bromeó él.

–Pues te toca fregar los platos.

–¿No hay una máquina que lo hace?

–Prefiero lavarlos a mano y secarlos.

A Dex le pareció una pesadez. Pero por disfrutar de aquella cena y de la compañía de Shelby, estaba dispuesto a pagar cualquier precio.

Después de cenar, Dex la ayudó a lavar los platos y, de hecho, se divirtió. Él le hubiera propuesto que tomaran postre y café, pero ella estaba empeñada en irse a dormir. ¿O tal vez quisiera escapar?

Dex no tenía intención alguna de besarla. Shelby había vuelto con él. Lo había echado de menos. Pero, para ella, eso no significaba que estuviera dispuesta a dar el siguiente paso. Y no iba a presionarla. No quería asustarla y que se volviera a marchar.

Al acostarse decidió que intentaría dormir de un tirón sin preguntarse lo que le depararía el día siguiente con Shelby.

Pero no consiguió dejar de pensar en ello.

***

A la mañana siguiente, después de haberse duchado y vestido para ir a trabajar, se estaba anudando la corbata cuando le llegó el olor de café recién hecho. Shelby estaba en la cocina batiendo a mano la masa para hacer tortitas. Llevaba el pelo recogido, pero un mechón se le había escapado y se balanceaba sobre el cuenco.

Alzó la cabeza y se sopló el mechón.

–¿Tienes hambre?

«De algo más que de tortitas», pensó él.

Agarró la cafetera y se sirvió café.

–No tengo tiempo de desayunar. Tengo una reunión a primera hora.

Ella se chupó el pulgar para quitarse un trocito de masa y lo hizo de forma tan deliberada que él se excitó inmediatamente. Pero debía concentrarse en la reunión que iba a tener con Rance Loggins. A Dex le había llegado otra historia con posibilidades. Rance había vuelto a la ciudad, por lo que quería saber qué opinaba.

Se tomó el café, y una gota le cayó en la camisa. Se la frotó, fue al fregadero y se mojó los dedos antes de volver a intentarlo.

–Eso hay que dejarlo en remojo –dijo ella–. Como ayer trajeron la ropa de la lavandería, tiene que haber camisas limpias.

Dex se aflojó la corbata y empezó a desabotonarse la camisa mientras Shelby lo miraba fijamente. Sus miradas se cruzaron, ella se puso colorada, agarró la leche y fue a meterla en la nevera, donde se quedó más tiempo del necesario mientras él se sacaba la corbata por el cuello. Por fin, ella se volvió.

–¿Vendrás a cenar? –le preguntó con voz ronca.

–Tengo que ir a una cena.

–Qué ocupado estás.

–Es una cena con baile para recaudar dinero con fines sociales.

–Ah, perdona. Creí que irías a un estreno de cine, a una entrega de premios o a algo así.

–Si quieres contribuir a una buena causa, puedo sacarte una entrada.

–No puedo ir a un sitio así.

Él se la imaginó con un vestido de noche que hiciera justicia a sus curvas, y sonrió.

–Claro que puedes.

–Me dijiste que no esperabas que me relacionara con la gente de esos círculos.

–No te pido que vengas como mi empleada. Creo que podemos divertirnos.

Ella volvió a batir la masa.

–No.

–¿No nos divertiríamos?

–No, no voy a ir. Estoy segura de que tendrás muchas parejas de baile para elegir.

–No me interesan las parejas de baile.

–¿Por qué?

–No bailo.

Ella se echó a reír.

–Es cierto. Soy muy torpe a la hora de bailar.

–No me lo creo. ¿Cuándo fue la última vez que lo intentaste?

–La noche de mi graduación. Mi pareja no acabó muy contenta.

–Los pasos básicos son muy fáciles –afirmo ella sonriendo.

–No me hace falta saber bailar.

–Hay ocasiones en las que un hombre tiene que bailar.

–Soy la prueba de que no es así.

–¿Y el baile del día de tu boda?

Eso lo pilló desprevenido. Nunca lo había pensado.

Ella se encogió de hombros.

–¿No tenías una reunión?

–Así es.

–Y tienes que cambiarte de camisa –dijo ella. Después le señaló el rostro con el dedo y añadió–: Tienes pasta de dientes en la comisura de los labios.

Él se frotó a ciegas.

–Ahí no. Aquí.

Ella se tiró de la manga para taparse la mano y le frotó. Su rostro estaba muy cerca del de Dex, y el mechón suelto del pelo le caía sobre la mejilla. Tenía la piel inmaculada y los ojos brillantes.

Debió de darse cuenta de que él la miraba con atención. Su mano descendió lentamente, pero su mirada permaneció fija en la boca masculina mientras la tensión entre ambos se incrementaba. Él no debía besarla. Además, no era el momento. Entonces, ¿por qué se acercaba más a ella? ¿Por qué no retrocedía ella?

Sus labios estaban a un palmo de los de ella cuando fue a abrazarla, pero volcó el cuenco de la masa.

Ella se puso rígida, se apartó bruscamente y vio que la masa que había en la sartén se le había quemado. Quitó la sartén del fuego y volvió a batir mientras él gruñía. Una mancha de café, otra de pasta de dientes y un cuenco volcado. Normalmente no era torpe, pero esa mañana estaba siendo un desastre.

–Vas a llegar tarde –dijo ella.

Tenía razón. Iba a marcharse cuando ella le preguntó:

–¿Cómo va el asunto de las ratas?

No había vuelto a suceder nada. De todos modos, Dex estaba contento de haber instalado cámaras de vigilancia. El canalla que lo perseguía podría hacer otra de las suyas antes de darse cuenta de que Dex no se avendría a sus exigencias.

–Están controladas –le aseguró antes de irse. Y pronto se olvidó del asunto.

A mediodía, Shelby recibió una llamada.

–Hay un paquete en recepción para la señorita Scott.

¿Para ella? ¿Estaba seguro?

Para librarse de la tensión que había experimentado esa mañana, se había puesto a hacer galletas. Si hubiera tenido un caballo a mano, hubiera cabalgado hasta caer rendida.

¿Había vuelto al hotel para iniciar una relación física e íntima con Dex? Le resultaba cada vez más difícil resistirse.

De hecho, cuantas más galletas hacía, más creía que tal vez no fuera mala idea tener una aventura apasionada. Si una relación tórrida con Dex Hunter no la ayudaba a olvidar lo sucedido en Mountain Ridge, nada lo haría. Una cosa corta, desde luego, en la que no interviniera el corazón.

–¿Pueden subirlo?

–Me temo que es imposible. El paquete debe recogerse en el plazo de una hora.

Antes de que ella pudiera decir que aquello era un hotel de cinco estrellas y que, por tanto, debían entregarle el paquete en la habitación, colgaron.

Unos minutos después, Shelby se hallaba en el mostrador de recepción. El conserje le entregó un sobre después de que le hubiera dicho su nombre. Ella se dirigió a un rincón del ajetreado vestíbulo y lo abrió. En su interior había un vale en papel con membrete del hotel para la boutique, la peluquería y el salón de belleza del hotel para esa tarde, un regalo de Dex. Una limusina la recogería a las siete de la tarde.

Shelby se sentó en una silla. Dex le había comprado una entrada para la cena de esa noche, a pesar de que ella le había dicho claramente que no le gustaba alternar ni llamar la atención.

No iría. La limusina podía esperarla eternamente.

Volvía hacia el ascensor cuando vio la tienda del hotel. Le picó la curiosidad y echó un vistazo a los vestidos del escaparate. Había un vestido de noche muy sencillo, pero impresionante, y muy femenino y…

Era demasiado bonito para una mujer como ella.

–¿Qué desea? –le preguntó la dependienta desde la entrada.

–Nada, gracias –masculló ella.

Pero la dependienta vio el vale y se le acercó.

–El director del hotel me ha dicho que vendría usted, señorita Scott. Me llamo Celeste. Ese vestido le sentaría de maravilla. Mientras se lo prueba, voy a organizar la sesión de peluquería y maquillaje. Esta noche va a estar deslumbrante.

Capítulo Ocho

Cuando hubo acabado de trabajar, Dex se duchó y se puso el esmoquin y los zapatos que guardaba en el despacho. Se miró al espejo para colocarse la pajarita. Estaba levemente emocionado ante la inminente velada.

La pregunta era si Shelby habría aceptado su invitación. Aunque fuera discreta, cautivaba a todo el que se cruzaba con ella. Tenía madera de estrella, algo difícil de describir y mucho más de crear. Dex opinaba que se nacía con ella. Y la había visto en Shelby.

Al igual que Rance.

Tal vez le abriera una puerta al presentarla en la cena aquella noche. Le deseaba todo el éxito del mundo, aunque, en su fuero interno, era egoísta en lo referente a Shelby: la quería para él solo.

Pero el suyo era un acuerdo temporal. Era de esperar que detuvieran pronto al maniaco que acechaba a su padre, con lo que Tate volvería a Australia y Shelby se marcharía.

Dex dudaba que siguiera trabajando de niñera. No le sorprendería que recibiera proposiciones de matrimonio. Quien la consiguiera como esposa sería afortunado.

Cuando llegó al lugar de la celebración, que rebosaba de gente y de flashes, se situó en una esquina y consultó su reloj. El director del hotel le había llamado para decirle que Shelby había escogido un vestido con sus accesorios.

Dex había dado instrucciones a Mike, el conductor de la limusina del estudio, para que la esperara frente a la puerta, y este no lo había llamado para decirle que Shelby no había aparecido. No tardaría en aparecer.

Media hora después, cada vez llegaba menos gente, por lo que pensó que debía entrar. Iba a llamar a Mike cuando le sonó el móvil.

–Solo quiero saber cómo estás –dijo Teagan.

–¿Tate está bien?

–Es adorable. No quiero que vuelva.

–Nunca se te ha dado bien compartir.

Como única niña de la familia, había recibido toda clase de atenciones y privilegios. Había pasado por un periodo difícil a consecuencia de un accidente en la infancia, que se tradujo en varias operaciones y estancias en el hospital. A raíz de dicha experiencia, había elegido la gimnasia y la salud como vocación.

–¿Perdona? ¿Que no se me da bien compartir? Y me lo dices tú, por quien todos se desvivían –dijo en tono burlón. Después añadió–: Hoy me han llamado de tu compañía de seguros. El hombre me ha dicho que le habías dado mi nombre, por si no podía contactar contigo. Me ha contado que hubo un incendio en tu casa, y que tuviste suerte de que no se extendiera.

Dex se quedó paralizado. No podía respirar. Por fin, tragó saliva.

–¿Qué le has dicho?

–Le he colgado. Me hubieras hablado de algo tan importante como un incendio, sobre todo teniendo en cuenta que Tate iba a ir a tu casa.

Dex buscaba una respuesta convincente cuando la limusina de Shelby aparcó y Mike bajó del vehículo.

–Tengo que colgar.

–¿Estás en algún evento social? Oigo mucho ruido. ¿Quién es tu pareja? ¿Shelby?

–¿Qué te hace pensar que sea ella?

–Tate no es el único que se ha dado cuenta de la atracción que hay entre vosotros.

–Vale, me despido. Buenas noches.

–Que te diviertas, aunque siempre lo haces.

En ese momento, Dex no se estaba divirtiendo en absoluto. Estaba conmocionado por lo que le había dicho Teagan. Aquel canalla seguía jugando y había intentado hacerle daño a través de su hermana. Tenía que ponerla sobre aviso.

¿Y Tate?

No podía volver a Australia. Wynn podría quedarse con él en Nueva York, pero si el tipo aquel se había puesto en contacto con Teagan, lo haría con otros miembros de la familia.

No tenía más remedio que quedarse con Tate y procurar que estuviera a salvo. Al día siguiente encargaría a un detective para que averiguara quién lo perseguía. Mientras tanto, aprovecharía al máximo la noche con Shelby.

Ella se bajó del coche como si descendiera del cartel de una película. El cabello le caía ondulado hasta la cintura. Sus ojos lo embrujaron. Y cuando vio el vestido que llevaba, de satén púrpura, se quedó con la boca abierta.

La ayudó a bajar y le sonrió. Ella le devolvió la sonrisa, lo tomó del brazo y se dirigieron a la entrada.

–Las mujeres van a morirse de envidia –dijo él–. Y todos se preguntarán quién es esa nueva belleza de Hollywood.

–Para que lo sepas, me enfadé mucho al ver el vale y que me invitabas a la cena.

–¿Sigues enfadada?

Ella negó con la cabeza al tiempo que sonreía.

–Me siento como si fuera una princesa.

–Lo pareces. Tal vez te secuestraran al nacer y en realidad tus padres son de sangre real.

Ella puso los ojos en blanco.

–¡Qué imaginación!

En el salón de baile, Shelby se quedó maravillada ante las arañas y las mesas, exquisitamente preparadas. Los condujeron a un lugar cerca del escenario. Otras cinco parejas estaban sentadas a la mesa y se hicieron las presentaciones. Cuando Dex iba a sentarse, alguien le tocó en el hombro, y se volvió.

Rance Loggins sonreía, pero no a él, sino a Shelby.

–Debería haberme figurado que estarías aquí –le dijo a Dex.

–Si hubieras acudido a la reunión esta mañana, te lo habría dicho.

–Shelby, estás preciosa

–Gracias –respondió ella sonriéndole.

–¿Se te había olvidado que teníamos una reunión? –insistió Dex. No le gustaba cómo Rance miraba a su pareja, como un oso a punto de abalanzarse sobre un tarro de miel.

–Tenemos mucho tiempo para trabajar en el nuevo proyecto –dijo Rance. Después se dirigió a Shelby–: Después de la cena, ¿bailarás conmigo?

Dex reprimió un gruñido y se levantó.

–Van a empezar a servir la cena. Será mejor que vuelvas a tu mesa.

–Se lo he pedido porque tú prefieres caer enfermo a bailar. Con el aspecto que tiene esta noche, Shelby se merece que al menos un hombre la saque a bailar.

–¿No crees que otros se lo pedirán?

Rance apretó los labios antes de contestar:

–Estoy seguro.

–Las luces se están apagando y alguien ha subido al escenario. Nos vemos después, ¿de acuerdo, Rance? –dijo ella.

Este la miró y pareció tranquilizarse.

–Lo estoy deseando.

Dex se dejó caer pesadamente en la silla.

–¿Estás bien? –preguntó Shelby.

Él esbozó una sonrisa forzada. Estaba enojado. ¿A qué jugaba Rance? ¿Quería seguir trabajando en Hunter Productions? Porque, por muy colado que estuviera por Shelby, esta era suya aquella noche. Dex entendía que Rance se sintiera atraído por ella, y además era su amigo. Pero todo tenía un límite.

–Dex, cariño, encantada de verte. Creo que no conozco a esta señorita.

Dex le explicó el trabajo que ella hacía para él, y Minerva Vine lo escuchó atentamente.

–Así que, ¿no tienes experiencia como modelo? Pues parece que hubieras nacido para andar por la pasarela.

Shelby sonrió levemente.

–Debe de ser por todos los años que me he pasado sentada en una silla de montar.

–Estaba pensando en cómo estarías en bañador. Dirijo una agencia de modelos y me encantaría que te pasaras para hablar de tus posibilidades.

–Me temo que a Shelby no le interesa ser modelo –apuntó Dex.

–Gracias –dijo Shelby– pero mi padre se caería redondo al suelo si creyera que me exhibo medio desnuda ante el mundo.

Prefería no imaginarse la reacción del resto de los habitantes de Mountain Ridge.

–Querida, por si no lo has notado –observó Minerva Vine– el vestido que llevas deja poco espacio a la imaginación.

Shelby se sonrojó. El vestido se le ajustaba como un guante, y la dependienta le había aconsejado que no llevara sujetador. Pero, aunque al principio le había parecido que iba en combinación, lo cierto era que, salvo los brazos, el resto del cuerpo lo llevaba cubierto. El vestido no dejaba tanto al descubierto.

¿O sí?

–Medita mi propuesta –dijo Minerva.

Cuando Shelby fue a agarrar la tarjeta que le había dejado al lado de la copa, Dex puso la mano sobre la de ella al tiempo que le susurraba al oído:

–Menos mal que hemos firmado un contrato.

–No quiero ser modelo –respondió ella retirando la mano.

–De todos modos, Minerva tiene razón. La cámara te adoraría.

Shelby miró a su alrededor, a la gente de la alta sociedad que la rodeaba, y se maravilló de la facilidad con la que la habían aceptado, que no tenía nada que ver con cómo se había sentido la última noche que pasó en Mountain Ridge, cuando se sintió terriblemente humillada. Odiaba incluso la idea de volver a ver a aquella gente. Si no fuera por su padre, no volvería a poner los pies allí.

Aunque podía haber seguido viviendo en Mountain Ridge toda la vida, donde, a diferencia de en Los Ángeles, tenía amigos. Pero historias jugosas como la suya no se olvidaban. Tampoco la vergüenza.

Entre plato y plato, diversas personas relacionadas con la causa social hablaron de las familias de militares y de cómo estaban a su lado cuando volvían heridos de la guerra. Durante las intervenciones, Dex permaneció sombrío. Ella nunca lo había visto tan atento ni tan guapo. El esmoquin le sentaba de maravilla.

Era él quien debía ser una estrella de cine.

Cuando las intervenciones terminaron, ella le preguntó:

—¿Cómo es que colaboras con esta causa?

—Todos conocemos a alguien que se ha sacrificado de algún modo. Nos afecta a todos.

—¿Has corrido algún maratón por una causa solidaria?

—Debería verme en la cinta del gimnasio. Hago unos cuantos metros en cada sesión —afirmó él riéndose.

Pero ella no se dejó engañar.

—¿Por qué haces siempre lo mismo?

—¿El qué?

—Intentar aparentar lo que no eres.

–Te prometo que no he corrido ningún maratón.

Ella, por supuesto, no se refería a eso.

–Por debajo de la fachada, eres un tipo sensible.

Se preocupaba por cosas importantes, como la familia, y tenía conciencia social.

La música había comenzado a sonar. Al ver que las parejas comenzaban a salir a la pista, Shelby pensó en Rance. Le encantaba bailar, pero estaba con Dex, y no quería causarles problemas a los dos amigos. Así que decidió solucionarlo.

–¿Te importa que nos vayamos? He bebido mucho vino y estoy algo mareada.

Pero, en ese momento, un hombre se aproximó a la mesa.

–¿Puedo robarte a esta preciosa señorita durante un baile, Dex? –el hombre hablaba con acento de Texas–. Te prometo que te la devolveré, o al menos lo intentaré.

Shelby le contestó antes de que lo hiciera Dex.

–Estábamos a punto de marcharnos.

–Otra vez será –dijo el hombre antes de alejarse.

–Te estoy estropeando la fiesta –observó Dex.

–No, en absoluto.

–Ve a bailar. Voy a buscar a Owen para que vuelva y baile contigo.

Ella lo detuvo, agarrándolo del brazo.

–¿Quieres bailar tú conmigo, Dex? Yo te llevo.

Los ojos de él brillaron.

–Suena muy tentador.

Pero no se movió de la silla. En el fondo, ella no esperaba que lo hiciera. Pero tampoco quería bailar con ningún otro. Era hora de marcharse.

–¿Todavía estás mareada?

–No estoy acostumbrada a todo esto.

–¿Crees que podrías llegar a acostumbrarte?

Ella quiso decirle que no, que no podría acostumbrarse a esa clase de vida. Pero no porque no pudiera llevar preciosos vestidos, escuchar música maravillosa o beber vino exquisito de vez en cuando. Dex la miraba sonriendo y, de pronto, ella se dio cuenta de que sí podría acostumbrarse a todo aquello, sobre todo si estaba con Dex como si fueran pareja.

Pero Tate regresaría pronto y ella volvería a la realidad.

Cuando volvieron al hotel, Dex le dijo que Teagan le había llamado. Tate se lo estaba pasando tan bien en Seattle que tal vez no quisiera volver a Los Ángeles.

–Le dije a Teagan que no podía quedarse con ella.

–¿Y qué dijo?

–En realidad, voy a ir mañana a buscarlo –respondió él frunciendo el ceño.

Parecía tan preocupado que ella estuvo a punto de preguntarle qué le pasaba. Pero él volvió a sonreír. Su mirada se detuvo en sus labios, y el corazón a ella le comenzó a latir a toda velocidad al tiempo que sentía un cosquilleo por todo el cuerpo.

Él le estaba manifestando de nuevo lo que pensaba de ella y de la situación en que se hallaban. Shelby pensó que tenía la oportunidad de decirle que había empezado a sentir lo mismo.

Pero no le salían las palabras. En vez de decírselo, ¿no sería más fácil rodearle el cuello con los brazos y demostrárselo? Porque era eso lo que deseaba hacer. Apretarse contra él, besarlo en los labios y hacer el amor la noche entera.

¿Y, probablemente, acabar sufriendo?

¿Sería capaz de tener una relación puramente sexual, una relación íntima exclusivamente física, sin implicación emocional? ¿Cómo se sentiría a la mañana siguiente?

Confusa, se dirigió a la puerta de la terraza. Necesitaba tomar el aire. Él la siguió.

–Si es por el vino… –dijo él mientras ella se apoyaba en la barandilla y tomaba aire.

–No es por el vino –murmuró ella sin mirarlo.

–¿Quieres que te deje sola?

Ella negó con la cabeza.

–Sabes lo que siento por ti, ¿verdad Shell?

Comenzó a temblar de deseo. Deseaba aquello, pero el recuerdo de lo sucedido en Mountain Ridge seguía atormentándola y le indicaba que debía parar y actuar con inteligencia.

–Voy a serte sincero –dijo él–. Esto va en serio. Si no te beso pronto, me voy a volver loco.

Eso la hizo sonreír. Él le acarició la mano y ella sintió que sus pezones cobraban vida y que las piernas se negaban a sostenerla. Al mismo tiempo, el deseo en el centro de su feminidad fue tan dulce y puro que estuvo a punto de lanzar un gemido.

–Cuando llegué a esta ciudad, hice la promesa de no tener una relación íntima con nadie.

«A causa de Reese y Kurt», pensó él.

Ella lo miró a los ojos. Era evidente que Dex había atado cabos.

–Es una historia larga y desagradable.

–Si alguna vez necesitas contarla…

La mano de él le subía por el brazo. Cuando ella alzó la cabeza y los labios de él rozaron los suyos, el suelo se abrió bajo sus pies. Todo comenzó a desplazarse. Ella se agarró a su camisa.

–Tal vez haya cosas que podamos contarnos –dijo.

Él le puso las manos en los hombros desnudos. La miró a los ojos durante lo que a Shelby le pareció una eternidad y, por fin, su boca buscó la de ella con ternura y deseo.

Cuando con la punta de la lengua le recorrió los labios, ella los abrió automáticamente.

Mientra el tiempo permanecía detenido, ella sintió sus manos apretándola y que sus senos le rozaban la camisa.

Cuando él se separó lentamente de ella, Shelby estaba mareada y sin fuerzas a causa del deseo que sentía.

–Hace mucho que quería hacerlo –dijo él.

Ella le puso la mano en la mejilla.

–Pues ya que has empezado, no pares.

Le rodeó el cuello con los brazos cuando él la volvió a besar. Dex le lamió los labios y se abrió paso entre sus dientes al tiempo que le acariciaba el cabello. Ella abrió más la boca.

Aquello no era un beso, sino una revelación. Aquel hombre sabía hacer cosas que otros no sabían. Se sentía como si la hubieran drogado.

Cuando volvió a separarse de ella, Dex le besó la barbilla y descendió por su cuello. Ella lo agarró por los hombros.

–Vuelve a besarme –dijo suspirando–. Bésame por todas partes.

Él la besó en el hombro mientras la agarraba con fuerza de las caderas.

–Dime lo que deseas –le susurró.

–A ti.

Ella se bajó las hombreras del vestido, que cayó a sus pies. Se quedó desnuda, salvo por el tanga, cerró los ojos y abrió los labios. Pero él la detuvo.

–Tengo que recordarte que estamos en la terraza.

Ella parpadeó. Era tarde y estaba oscuro, pero alguien podría verlos.

Pero él se le había vuelto a acercar, y le acariciaba las nalgas. Ella se aferró a su camisa y levantó una rodilla que frotó contra el muslo masculino. Un segundo después, él le acariciaba el tanga húmedo.

Ella apoyó la cabeza en su hombro, pero él se la levantó para volver a besarla mientras con los dedos le frotaba la fina tira de seda entre los muslos. Cuando su mano pasó por debajo de la tira, le introdujo un dedo, y ella tembló de deseo. Cuando él la penetró más profundamente, la sensación y las emociones aumentaron de intensidad. Ella dejó de lado los buenos modales y le abrió la camisa de un tirón.

Y por fin su piel ardiente se unió a la de él.

Mientras él se quitaba la camisa, ella lo besó en el pecho. Sabía muy bien. Estaba duro y caliente. Le acarició el pezón con la punta de la lengua y sus propios senos parecieron hincharse aún más. Le agarró la otra mano y se la llevó a un seno.

Cuando él le acarició el pezón con el pulgar, ella cerró los ojos y arqueó la espalda. Él la rodeó con el brazo para sostenerla y bajó la cabeza despacio hacia sus senos.

Le lamió el pezón mientras ella le bajaba la cremallera de los pantalones y tiraba de ellos. Él le mordisqueó la rosada punta antes de girarse con ella y apretarla contra al pared.

Ella sintió la frialdad del ladrillo en la espalda en tanto que él la besaba en la boca apasionadamente. El deseo que experimentaba Shelby ya era casi insoportable. Él se separó de sus labios para besarle la barbilla, la mandíbula y la mejilla.

—¿Estás bien? —le susurró al oído.

Ella le contestó agarrándolo de la mano, llevándosela a las nalgas y echando las caderas hacia delante. Después, ella le deslizó la mano por el vientre y le agarró el miembro. Mientras lo acariciaba, él fue levantándola con la mano que tenía en sus nalgas hasta que los pies de ella casi dejaron de tocar el suelo. Unos segundos después, Dex golpeó la pared con la otra mano y echó la cabeza hacia atrás.

—¿Qué haces? —preguntó él con una sonrisa que era más bien una mueca—. Me estás distrayendo.

—Espero que de forma agradable.

—Muy agradable.

Él la levantó y le enlazó las piernas a su cintura. A continuación, le desplazó hacia un lado el tanga y la punta de su miembro se introdujo en ella un centímetro.

Shelby se quedó sin aliento. En ese momento se sintió increíblemente libre, como si el mundo hubiera desaparecido.

Entonces, él comenzó a moverse con un ritmo controlado que la excitó aún más. Cada vez que la embestía, ella echaba hacia delante las caderas para ir a su encuentro. Tenía los brazos alrededor del cuello masculino y lo besaba profundamente, explorándole la boca con la lengua mientras su erección la llenaba una y otra vez.

De pronto, los músculos de él parecieron inmovilizarse y apartó su boca de la de ella. Con un brazo sosteniéndola y el otro apoyado en la pared, Dex intentó respirar.

—No llevo protección —dijo entre jadeos.

Eso la devolvió a la realidad. Él la bajó hasta que sus pies tocaron el suelo. Mientras ella se apoyaba en la pared para sostenerse, Dex se agachó y ella sintió su aliento en su entrepierna. Él le bajó el tanga lo suficiente para poder acariciarla con facilidad.

La besó el vientre mientras la penetraba con dos dedos. A ella le pareció que iba a derretirse mientras él la acariciaba. Intentó no gemir cuando, con el pulgar, comenzó a trazar círculos en ese lugar, el más sensible del cuerpo femenino.

Estallaron chispas en todas direcciones. Él le rozó ese sitio con los labios, hacia arriba, hacia abajo y en círculo. Ella contuvo la respiración hasta no poder más.

La invadieron intensas sensaciones mientras lo agarraba del cabello para acercarlo aún más a ella. Cuando la tomó con toda la boca y la lamió, ella comenzó a temblar.

Sintió un sudor frío en la frente y entre los senos. Le soltó el cabello para buscar apoyo en la pared, y el corazón se le aceleró mientras las sensaciones se intensificaban. Él presionó aún más y ella alcanzó el cielo.

Disfrutando de cada segundo, Dex sostuvo a Shelby mientras ella se estremecía. Solo esperaba que nadie los hubiera grabado desde una ventana. Normalmente, aquellas cosas las hacia dentro de casa. Se había dejado llevar, al igual que ella.

Debería haber supuesto que sería así de apasionada.

Ella se fue calmando al tiempo que le acariciaba el cabello. Después, extenuada, comenzó a deslizarse hacia abajo. Él le quitó el tanga antes de tomarla en brazos y llevarla a la cama.

Buscó protección en un cajón de la mesilla, se la puso y se quitó los zapatos y los pantalones mientras la miraba a la luz de la luna que entraba por la ventana. Su sonrisa le indicó que estaba totalmente satisfecha.

Se arqueó hacia él, que se situó de rodillas entre sus piernas. Le acarició los rizos con las manos y le hizo cosquillas en el vientre. Ella sonrió.

Él siguió ascendiendo hasta llegar a sus senos. Le acarició los pezones hasta que ella cerró los ojos y movió la cabeza de un lado a otro.

Ella le pidió que la tomara, en un lenguaje que él no hubiera imaginado escuchar de sus labios. Dispuesto a satisfacerla, bajó la cabeza, le lamió los pezones y volvió a introducir el extremo de su miembro en ella.

Al igual que la primera vez, lo invadió una oleada de placer. Encajaban perfectamente y, cuando comenzó a moverse, los músculos femeninos parecieron tirar de él. Se apoyó en un codo mientras seguía moviéndose y le retiró un mechón de pelo de la mejilla.

La besó en la frente, las sienes, las mejillas y las orejas mientras su excitación aumentaba. Cuando ella enlazó sus piernas en la parte posterior de sus muslos y le clavó las uñas, experimentó una deliciosa sensación y se detuvo para disfrutarla.

–¿Pasa algo? –preguntó ella.

Él la besó en los labios y siguió moviéndose mientras murmuraba:

–Todo va perfectamente.

Ella comenzó a acariciarle los pezones a cada embestida. Después, alzó la cabeza lo suficiente para lamerle con la lengua la base del cuello.

Su miembro comenzó a palpitar.

Mientras las caderas de ambos seguían encontrándose, Dex trató de contener la marea al tiempo que ella volvía a arañarlo. Él le agarró las manos y se las colocó a ambos lados de la cabeza.

–Eso no te ha gustado –se burló ella–. Me has apartado las manos.

–Si no lo hubiera hecho, esto hubiera acabado enseguida.

Ella rotó la pelvis y sus paredes interiores lo apretaron con fuerza mientras lo miraba esperando su reacción. Medio riéndose, él se reconoció vencido y se rindió a lo inevitable.

La embistió aún más profundamente. El sudor comenzó a cubrirle la parte inferior de la espalda y la frente. Se concentró solo en lo que sentía, en la excitación que crecía en su entrepierna a cada embestida.

Ella le sostuvo la cabeza. Su ternura lo excitó aún más.

Con el pulso acelerado, abrió los ojos y vio que ella

estaba volviendo a alcanzar el éxtasis, con los labios entreabiertos y los senos bamboleándose a cada embestida.

A pesar de su excitación, su cerebro emitió la señal de continuar teniéndola, feliz, debajo de él. Quería que gritara su nombre.

Cuando lo hizo, su propio clímax estalló como una tormenta. Inundado de placer, aún percibió que ella lo apretaba y se contraía en torno a él, antes de saltar los dos juntos al abismo.

Capítulo Nueve

–Una vez estuve enamorado –dijo él–. Íbamos a casarnos, pero no salió bien.

Estaban tumbados juntos disfrutando de los rescoldos de haber hecho el amor. Ella tenía la mejilla apoyada en su pecho y él le había pasado el brazo por los hombros. Hacía mucho tiempo que Shelby no se sentía tan segura.

Cuando unos segundos antes Dex le había preguntado por qué se había marchado de Mountain Ridge, por primera vez ella no pensó en eludir la respuesta. Él ya tenía una idea del motivo: una relación amorosa fallida, un corazón destrozado.

Él le besó el cabello y la apretó más contra sí.

–Quienquiera que sea el tipo que te dejó, está loco.

¿Quería Dex saber los detalles, conocer la verdad del episodio más humillante de su vida? Cuando se lo contó a Lila, su compañera del café, se quedó consternada. Después la abrazó y le dijo que no tenía nada de lo que avergonzarse.

Por otro lado, Dex tal vez considerara su comportamiento de aquella noche algo histérico, sobre todo si le confesaba su secreto más oscuro: lo que había ocurrido después de que sorprendiera a todo el pueblo con sus palabras. Ni ella misma se lo creía. ¿Qué diría su padre? ¿Y su madre, si viviera?

Pero todo el mundo tenía secretos. Y había uno sobre Dex que quería saber y al que él se había negado a referirse desde el día en que accedió a trabajar para él.

–Háblame de las ratas del sótano.

Él se puso tenso. Ella sintió bajo su mano cómo se le aceleraban los latidos del corazón. Al cabo de unos segundos, Dex se sentó en la cama y se recostó en la almohada.

–Si es algo muy íntimo…

–¿Seguro que quieres saberlo?

Ella también se sentó.

–Sí.

–Hace años, un amigo mío tuvo un problema en el que me vi envuelto. Lo despidieron del trabajo a causa de las falsas historias que se inventó de él un colega ambicioso. Mi amigo no pensaba en otra cosa ni hablaba de nada más. Y no conseguía sobreponerse ni conseguir un nuevo empleo.

–¿No le ofreciste tú trabajo?

–Lo pensé, pero, sinceramente, no me gustaba su manera de pensar. Luego empezó a jugar. Debí haberme dado cuenta de que algo malo sucedería.

Dex encendió la lámpara de la mesilla de noche.

–Pasé mucho tiempo con él y le di un montón de dinero. Al final le dije que necesitaba ayuda psicológica de un profesional. Esa noche amenazó con prender fuego a la fábrica de su exjefe. Me estaba llamando por teléfono desde allí. Yo le dije que no hiciera nada, que iba inmediatamente a recogerlo. Le supliqué que no cometiera una tontería. Cuando llegue, la fábrica estaba ardiendo.

–¿Hubo víctimas?

–Afortunadamente, no.

–¿Cuánto tiempo estuvo en prisión?

Dex bajó la cabeza.

–¿Le guardaste el secreto?

–Y ahora, alguien lo sabe. Me han amenazado dos veces para que pague, o lo revelarán. No se lo han pedido a Joel, que es incapaz de cuidar de sí mismo ni, mucho menos, de ahorrar un céntimo.

–¿No le has contado a la policía lo de las amenazas?

–Me harían preguntas. Llevo mucho tiempo sin ver a Joel. No quiero perjudicarlo.

–¿Cómo te amenazaron para que dejaras tu casa?

–Con un pequeño ataúd ardiendo en el jardín.

–Están locos.

Antes había habido una carta. Para comprar su silencio, Dex tenía que dejar una bolsa con billetes no marcados en un contenedor.

–¿No estarás pensando en pagar?

–El problema es que hoy alguien ha llamado a Teagan fingiendo ser un agente de seguros. Le ha hablado de un fuego que, por suerte, no se había descontrolado.

A ella se le había contraído el estómago.

–¿Qué vas a hacer?

–Prevenirla y obtener protección. Voy a llamar al tipo que investiga lo que le ocurrió a mi padre. Es amigo de Cole de toda la vida.

–Pero me has dicho que vas a recoger a Tate mañana y a traerlo de vuelta. ¿Crees que estará a salvo?

–Prefiero que esté conmigo porque podré vigilarlo. Dejaré de trabajar hasta que este asunto se haya solucionado.

–¿Quién crees que está detrás?

–Joel debe de habérselo contado a alguien, a un pariente o a un amigo. Los intentos de extorsión suceden con más frecuencia de lo que se cree. Hay imbéciles que se preguntan por qué van a trabajar si pueden estafar a otros.

–¿Has pensado que si entregas a tu amigo podrían ayudarlo?

–Necesita ayuda psiquiátrica.

Ella se sonrojó. ¿Acaso no había diferencia entre chivarse y revelar la verdad? A veces, revelarla podía ayudar a un amigo o a alguien que lo había sido, aunque en el caso de ella no hubiera funcionado.

–Esta gente puede llegar a desesperarse, Dex. Mira lo que le ha sucedido a tu padre.

–Ese canalla no va a hacer daño a nadie, solo pretende asustarme para que le dé dinero. Cuando lo descubra, hablaremos, y le haré ver que tanto a él como a mí nos interesa que desaparezca de mi vida. Cuando nos encontremos cara a cara, atenderá a razones.

Shelby esperaba que así fuera, por el bien de todos.

A la mañana siguiente, Dex aterrizó en Seattle. Al llegar a casa de Teagan le pidió al taxista que esperara. Llamó a la puerta, pero al no obtener respuesta sintió un escalofrío. Esa mañana había llamado a Teagan para explicarle lo que había detrás del falso agente de seguros. Después le dijo que iba a buscar a Tate.

Teagan se lo había discutido. Dex le aseguró que iba a dejar de trabajar en los estudios, a contratar a un guardaespaldas y a vigilar a Tate en todo momento.

Volvió a llamar. Teagan lo estaba esperando, así que ¿dónde demonios estaba? ¿Le habría ocurrido algo? ¿Y a Tate?

Estaba a punto de rodear la casa para llamar a la puerta trasera cuando Tate abrió la puerta sonriendo de oreja a oreja. Dex lo abrazó.

–¿Dónde está tu hermana?

–Aquí.

Parecía preocupada. Él entró y cerró la puerta antes de dejar al niño en el suelo.

–Ve a por tu mochila, cariño –le dijo Teagan.

Tate la obedeció. Teagan abrazó a Dex antes de examinarle el rostro.

–Estás blanco como la cera.

–¿Por qué has tardado tanto en abrir?

–Porque estaba hablando por teléfono. Tate sabe que no debe abrir la puerta.

–Cuando vuelva a Los Ángeles, te pondré también a ti un guardaespaldas.

–No hace falta.

–Eso espero, pero no voy a correr más riesgos.

–Me refiero a que ya me he ocupado del asunto de la seguridad. O más bien lo ha hecho un amigo. Estaba hablando por teléfono con él.

–¿Qué amigo?

–Alguien que se preocupa por mí y que ha insistido en ayudarme.

–Esto es un asunto serio.

–Por eso no entiendo que me lo hayas ocultado tanto tiempo.

–Se lo conté a Cole. He vuelto a hablar con él esta mañana para ponerle al corriente, antes de llamar a

Brandon, el detective amigo suyo. Me ha recomendado que tome medidas de seguridad tanto aquí como en Los Ángeles.

–Ya te he dicho que Damian se encargará de eso aquí.

–Este asunto requiere el trabajo de profesionales, no el de uno de tus deportistas del gimnasio que se pasa el día tomando proteínas para ganar músculo.

Teagan se echó a reír.

–Perdona, pero si conocieras a mi amigo lo entenderías. Es un tipo muy capaz.

¿Sería el mismo al que había visto la semana anterior? ¿Desde cuándo lo conocía? Dex pensó que se estaba volviendo paranoico, ya que todo le parecía una amenaza.

En ese momento, Tate volvió corriendo con la mochila colgada al hombro.

–Ojalá pudieras venir con nosotros –le dijo a su hermana al tiempo que se abrazaba a su pierna.

–Esta vez no puede ser –contestó ella inclinándose para besarlo en la cabeza.

–Tal vez deberías venir –observó Dex.

–Tengo que ocuparme del gimnasio.

–Ese amigo te guardará las espaldas.

–Exactamente –Teagan sonrió–. Llámame cuando lleguéis y saluda a Shelby de mi parte. Sigue contigo, ¿verdad?

–En efecto.

Y él estaba contento de que así fuera. Era una mujer sensata y dedicada. Y lo que habían compartido la noche anterior había sido estupendo. Aquella mañana, después de volver a hacer el amor, le hubiera gustado quedarse más tiempo con ella. Las sensaciones que le provocaba no se parecían a nada que hubiera experimentado antes. Estaba deseando volver a verla, a abrazarla y besarla.

Pero con Tate en la suite, no podrían tocarse. Así se lo había dicho ella esa mañana antes de que él se marchara. Aunque fuera difícil reprimir sus emociones, la prioridad de ambos era Tate.

De vuelta en Los Ángeles, Dex llevó a Tate al hotel. Shelby los saludó con una sonrisa radiante.

–He preparado magdalenas para ti, Tate.

–¿Puedo tomarme una? Me ruge el estómago.

–Puedes tomarte dos –dijo Dex.

–Te he comprado una cosa –dijo ella dirigiéndose al salón al tiempo que les indicaba con la cabeza una escena prehistórica que había montado con un volcán, una ciénaga y varios dinosaurios de plástico.

Tate, extasiado, se dedicó entre gritos a agarrarlos.

–Ve a lavarte, Tate, –le dijo su hermano – y nos tomaremos las magdalenas con un vaso de leche.

Mientras Tate salía de la habitación, Shelby se excusó.

–Espero que no te importe tener Jurassic Park en el salón.

–Si Tate está contento, yo también lo estoy.

–Parece un poco perdido.

–En el avión estaba muy excitado. No paraba de hablar.

–Creo que se siente incómodo conmigo.

Dex conocía las reglas: ni besos ni caricias. Pero su

hermano no estaba en el salón y Shelby necesitaba que la tranquilizaran.

La atrajo hacia sí. Ella apoyó la cabeza en su hombro.

–Es ridículo. He trabajado con muchos niños. Y a Tate le han pasado muchas cosas últimamente.

Él le levanto la barbilla y le sonrió.

–Este no es el entorno en que solías trabajar. Todos estamos algo nerviosos.

–Me preguntaba si, puesto que vas a dejar de trabajar durante un tiempo, no sería mejor que me fuera y os dejara solos.

–Si creyera que eso es lo mejor para Tate, te lo diría. Pero los tres juntos formamos un buen equipo –la besó en la nariz–. Dale tiempo.

Cuando oyó que el grifo del cuarto de baño se cerraba, Dex la soltó de mala gana y ella fue a la cocina. Tate volvió muy sonriente. Dex se frotó el estómago.

–Estoy deseando tomarme esas magdalenas.

–Y mañana iremos a Disneylandia.

–No, mañana no.

–Pasado mañana.

–Ya veremos.

–O a la playa.

–Lo primero es lo primero –dijo Dex cuando apareció Shelby con una bandeja.

Tate se sentó a la mesa, con los ojos muy abiertos. Pero, de pronto, su expresión cambió.

–Teagan me ha dicho que no debo comer muchos dulces –dijo lanzado una mirada aprensiva a Shelby.

–Después de tomarte la leche, la llamaremos –respondió esta–. Seguro que te echa de menos.

–¿Podemos llamar también a papá y a mamá? –preguntó el niño con el rostro resplandeciente.

–Desde luego –dijo Dex.

Cuando Tate y Shelby comenzaron a hablar de la trágica desaparición de los dinosaurios, Dex se tranquilizó. Debían ir poco a poco. Superarían aquello, y lo harían juntos.

Shelby se alegró de que Dex hubiera contratado a un detective privado en quien confiaba. Le hizo menos gracia el guardaespaldas de expresión imperturbable que los seguía cada vez que salían de la suite, lo cual no sucedía con frecuencia.

Shelby entendía y apoyaba que Dex intentara proteger a Tate por todos los medios. Lo que se preguntaba era si el niño debería estar a su cuidado. Pero Dex creía que la situación se resolvería pronto.

A medida que transcurrían los días sin pista alguna, Shelby comenzó a dudarlo.

La relación del niño con ella había mejorado. Él le contaba cosas de sus amigos y le pedía que le leyera por las noches.

Una semana después de la llegada de Tate, Shelby vio el anuncio de una exposición en una galería de arte y tuvo una idea. Después de desayunar, le preguntó a Dex si quería ir.

–Tate se va a aburrir mortalmente.

–Vamos tú y yo. Creo que a Teagan le gustaría hacernos una visita rápida y cuidar de Tate.

–Debemos pasar desapercibidos durante un tiempo. Teagan puede venir a vernos en otro…

–¿Va a venir Teagan? –preguntó Tate, que entraba en el salón. Se puso a correr y a dar saltos de alegría.

–No he dicho que vaya a venir –le previno su hermano.

–Sí lo has dicho. Te he oído.

–No pierdes nada por preguntárselo –apuntó Shelby al tiempo que le pasaba el móvil.

Dex le dedicó una sonrisa torcida.

–Llámala tú.

–Marca el número –contestó ella al contemplar la expresión esperanzada de Tate y sus ojos fijos en ella.

Shelby se sorprendió cuando fue un hombre quien respondió.

–Perdone, creo que me he equivocado.

–Si llama a Teagan, está aquí.

–Espero no interrumpir nada –dijo Shelby cuando Teagan se puso al teléfono.

–Nada en absoluto. ¿Qué pasa?

–Sé que mañana es un día laborable, pero, si pudieras venir, a Tate le encantaría verte.

–Estaré allí a mediodía.

Shelby les dio la noticia inmediatamente.

–¡Va a venir!

Tate respiró hondo y volvió a correr y a brincar.

Al día siguiente, Teagan llegó a la hora prometida, y Shelby y Dex fueron a ver la exposición. Dex había insistido en comprarle un vestido para la ocasión. Un sencillo vestido de seda blanca que le llegaba a la altura de la rodilla.

Mientras disfrutaban de la exposición, el móvil de

Shelby le indicó que había entrado una llamada. Ella miró de quién era.

Sintió una presión en el pecho.

Desde que se había marchado de Mountain Ridge, su padre y ella habían hablado con regularidad. ¿Por qué la llamaba a esa hora de la noche en la que ya debía estar acostado? Murmuró una excusa y se retiró a un rincón a contestar la llamada.

–¿Pasa algo?

–Nada –respondió su padre–. Solo que no he tenido noticias tuyas esta semana. Quería asegurarme de que estás bien.

–He estado ocupada –se disculpó ella.

Su padre sabía que estaba cuidando de Tate.

–¿Cómo estás tú, papá? Pareces cansado.

–No es que esté cansado, sino que me hago viejo.

Sesenta y un años no eran tantos.

–No te habrán vuelto los dolores, ¿verdad?

Cinco años antes le habían puesto un marcapasos.

–No, estoy bien.

De pronto, comenzó a toser. Eso le recordó a su hija que ella misma había estado hacía poco en el hospital por una grave infección pulmonar.

–Esa tos suena muy mal.

–Un maldito microbio se me ha metido en la garganta –contestó él después de toser dos veces más.

–¿Estás en el porche?

Dex se le acercó sonriendo, pero la sonrisa se le evaporó al ver la expresión de Shelby.

–Estoy mirando el viejo tractor –dijo su padre–. Hace daño a la vista. Debería deshacerme de él, pero me gusta que siga aquí.

Shelby suspiró. ¿Su padre buscaba compañía en un viejo tractor averiado?

—¿Sigues jugando a la cartas los martes con Dan Walton?

Él se echó a reír.

—No hace falta que me des conversación. Solo quería oír tu voz antes de acostarme.

Ella miró a su alrededor. La gente se estaba marchando porque la galería iba a cerrar.

—Te llamo mañana.

—Como ya hemos hablado, llámame la semana que viene. Si veo a la señora Fallon, le daré recuerdos de tu parte.

—Hazlo. Hablamos la semana que viene.

Dex y ella salieron agarrados del brazo. En la calle, él se detuvo y se llevó la mano de ella a los labios.

—Parece que estás a punto de llorar.

—Mi padre sonaba raro por teléfono. Me pregunto si estará bien.

—Teagan se va a quedar el fin de semana. Puedes ir a verlo.

La idea de volver al pueblo le aceleró al pulso. Se sentiría mejor si comprobaba que su padre estaba bien. Y que la gente del pueblo cotilleara lo que quisiera.

—Puedo irme mañana y volver el lunes.

—Tómate el tiempo que necesites. Tate y yo te estaremos esperando.

—Podrías llevarlo a Disneylandia. Tate lo pide todos los días.

—Hay demasiada gente.

Shelby entendió que quería decir que era demasiado arriesgado.

Y entonces se le ocurrió una idea.

–Tate y tú debierais acompañarme. Podría enseñar a Tate a montar a caballo. Nadie sabrá que nos hemos marchado.

–¿Quieres que vayamos a Mountain Ridge?

Tate podría estar al aire libre, correr y conocer a mi padre. Y estoy segura de que tú también te divertirías.

–Siempre me divierto cuando estás a mi lado.

La abrazó y acercó su boca a la de ella para darle un ejemplo de lo bien que se lo pasaba con ella. El beso fue lento y apasionado, e hizo aflorar todo el deseo que llevaban días reprimiendo. Ella lo había echado mucho de menos. Estaba contenta de haber sugerido que Teagan cuidara de Tate esa noche. Y si Dex accedía a acompañarla a Mountain Ridge, su padre tomaría a Tate bajo su protección y le mostraría las maravillas del rancho. Siempre había deseado tener un hijo. Y también un nieto.

De ese modo, Dex y ella podrían estar a solas.

Cuando sus bocas se separaron, Shelby sonrió.

–¿Significa eso que vendrás?

Él la besó levemente en los labios.

–Voy a comprarme unos estribos para las botas y reservaremos los billetes.

–Querrás decir unas espuelas.

Él carraspeó y se dirigió hacia el coche.

–Sí, unas espuelas también.

Capítulo Diez

Aterrizaron a la mañana siguiente en el aeropuerto más próximo y llegaron en coche a Mountain Ridge a mediodía. Tate había hablado sin parar hasta que, agotado, se había dormido en el asiento de atrás del coche. Shelby miraba por la ventanilla.

–Los primeros comerciantes llegaron en 1871; la iglesia y la oficina de correos se construyeron cinco años después. Ese es el ayuntamiento –dijo ella señalándoselo.

Dex agachó la cabeza para contemplar un austero edificio de dos pisos. La bandera nacional ondeaba en un lateral. Al lado había un parque con la estatua de un caballo salvaje. Después apareció una heladería.

–¿Se te hace raro volver? –preguntó él.

–Sí, me parece que ha pasado mucho tiempo y que al mismo tiempo fue ayer cuando viví aquí. Esa es la guardería en la que trabajaba.

Los niños estaban en el recreo y jugaban en un fuerte de plástico y un tobogán. Una mujer de mediana edad los cuidaba.

Más adelante había un café, una agencia inmobiliaria y una peluquería, de la que salía una mujer de la edad de Shelby. Esta examinó el coche al pasar a su lado y se llevó las manos al estómago como si le hubieran dado un puñetazo. Shelby cerró los puños.

Dex la miró por el retrovisor mientras el coche se alejaba.

–¿La conoces?

–Aquí todos nos conocemos –afirmó ella con una sonrisa forzada.

–Eso está bien.

–Tiene sus ventajas. La gente se preocupa de los demás cuando alguien fallece o se queda sin empleo.

–Pero no puedes meterte en líos.

–Puedes intentarlo –indicó con la cabeza hacia delante–. Faltan pocos kilómetros para llegar al rancho.

Cuando llegaron, Dex se desvió y tomó un sendero que los llevó a una casa de madera con porche. A un lado había un viejo tractor. A la derecha había pastos y, detrás del edificio, las majestuosas montañas dejaron sin aliento a Dex.

Un hombre con sombrero de vaquero salió del establo. Cuando Shelby se bajó del coche y abrió los brazos, el hombre sonrió. Se abrazaron mientras Dex los contemplaba. Cuando era joven, su padre pasaba mucho tiempo de viaje construyendo su imperio. Algo muy distinto de lo que habría sido la vida de Shelby al criarse allí. El dinero no podía comprar esa clase de vínculos.

Por fin, se separaron. Los ojos del anciano brillaban de emoción.

–¡Qué agradable sorpresa!

–Me pareció que te vendría bien algo de compañía.

–¿Has volado desde California?

–Me he traído a dos invitados. Este es mi jefe, Dex Hunter.

Los hombres se estrecharon la mano.

–Encantado de conocerte, hijo.

–Lo mismo digo, señor Scott.

–Llámame Zeb. Parece que las cosas le van bien a mi hija en Los Ángeles.

Dex le puso la mano en la espalda a Shelby.

–Todo el mundo habla de ella dondequiera que vaya.

Zeb miró a su hija y Dex observó que ella bajaba la cabeza. Su padre carraspeó y se obligó a sonreír.

–Me has dicho que has traído a dos invitados.

Dex abrió la puerta trasera del coche y sacó a un soñoliento Tate, que enlazó las piernas a la cintura de su hermano.

–Hola, jovencito –dijo Zeb.

Tate, que llevaba uno de sus dinosaurios en la mano, bostezó. Zeb agarró el animal y se echó a reír.

–Creo que teníamos uno igual cuando Shelby era una niña –le devolvió el juguete a Tate y le acarició el cabello.

–Acabo de hacer limonada y sopla una suave brisa desde las montañas. Vamos a sentarnos y a conocernos.

Shelby fue a por la limonada con Tate mientras los hombres se sentaban en el porche. Zeb dejó el sombrero en la mesa que había a su lado y se secó la frente con la manga.

–¿La cuidas? –le preguntó a Dex.

–Sí.

–Merece que se la respete.

–Estoy de acuerdo.

–Algunos dicen eso, pero no lo cumplen.

–Ya sé lo de la ruptura de su compromiso.

–Fue un asunto terrible –dijo Zeb negando con la cabeza–. La dejó destrozada, pero me alegro de que no se quedara con ese desgraciado. Podría decir cosas mucho peores de Kurt Barclay. Me pone enfermo pensar que Reese esté con él. Era como una hija para mí y para mi esposa.

–Me importa la felicidad de Shelby.

–¿Por eso estás de vacaciones con una mujer que es tu empleada? Ya ves que estoy algo confuso y preocupado.

En ese momento, Shelby y Tate volvieron con una bandeja.

–Lléname el vaso hasta el borde, cariño, dijo Zeb.

Dex sorbió la limonada. Se sentía levemente trastornado. Al aceptar la invitación de Shelby se preguntó cómo lo recibiría su padre, pero no se imaginaba que lo pondría en un aprieto nada más llegar.

Tate le contó a Zeb su estancia con Teagan y cómo era su vida en Australia. Por suerte, no mencionó los intentos de secuestro de su padre. Media hora después se fue a ver el viejo tractor.

–¿Qué tal los pulmones? –preguntó Zeb a su hija.

–Tuve una infección pulmonar –le explicó ella a Dex.

–Tuvo neumonía. Estuvo en la cama varios meses.

Shelby cambió de tema.

–¿Qué os parece si hago carne asada para cenar con zanahoria y patata?

–Es una excelente cocinera, como lo era su madre.

–Pero creo que voy a llevar a Dex y a Tate a dar un paseo antes de meterme en la cocina.

–¿De dónde eres, hijo? –le preguntó Zeb a Dex.

–Me crie en Australia, en una ciudad, no en el campo. Solo he montado a caballo media docena de veces, cuando era un niño.

—Entonces, tienes que ponerte al día –dijo Shelby.

—¿Crías ganado? –preguntó Dex a Zeb.

—Ya no, pero me gusta conservar el lugar en condiciones. Shelby me ayudaba hasta que…

—Hasta que me marché –lo interrumpió ella–. ¿Sacamos las bolsas de viaje del coche y os enseño vuestras habitaciones?

Dex se preguntó si iba a estar solo en una habitación de invitados.

Cuando ella le guiñó el ojo, se preguntó si estaba pensando lo mismo que él. ¿Podrían estar juntos aunque solo fuera un par de horas?

Después de una sencilla comida, Zeb y Shelby ensillaron un poni para Tate. El niño se montó sin mostrar miedo, ni siquiera cuando el animal comenzó a trotar suavemente.

Veinte minutos fueron suficientes para ser la primera vez. Después, Zeb le enseñó las gallinas y la vaca que le daba más leche de la que consumía. Se sentaron a ordeñarla, lo que le resultó muy divertido a Tate. Después fueron todos paseando hasta el estanque, que estaba lleno de patos.

—¿Y si volvemos y te enseño mi colección de monedas? –preguntó Zeb a Tate mientras este lanzaba el último trozo de pan a los patos–. Algunas tienen más de cuatrocientos años.

Tate lo miro con la boca abierta.

—Son más viejas que un dinosaurio.

Zeb lanzó una carcajada.

–Vamos. Es hora de tomarse otro vaso de leche, o de limonada, para quienes lo prefieran.

Un cuarto de hora después se hallaban sentados en el salón. La colección de monedas de Zeb estaba desplegada en la mesa de centro. Tate dormía en el sofá.

–Yo me ocupo de él –dijo Zeb en voz baja–. Id a dar un paseo o a montar a caballo.

–¿Estás seguro? –le preguntó su hija.

–Desde luego.

Dex y Shelby ensillaron los caballos y salieron a cabalgar por la pradera. Shelby quería que fueran más deprisa, pero Dex prefería ir al trote.

–Conozco mis capacidades. Puedo conducir un coche deportivo o montarme en la montaña rusa, pero no estoy dispuesto a caerme de un caballo al galope y romperme una pierna.

–Yo nunca me he caído.

–Pues no vas a empezar ahora. Le he dicho a Zeb que te cuidaría. Me parece que está disfrutando de nuestra compañía.

–Mi madre murió cuando tenía diez años y yo era hija única, por lo que mi padre centró toda su atención en mí. La gente del pueblo se preguntaba si se volvería a casar, pero mis padres se profesaban un amor eterno.

Sacudió las riendas y puso su caballo al galope.

–¡Eh, espera!

–Vas muy bien –le gritó ella al tiempo que daba la vuelta–. No es tan difícil.

–Una fractura múltiple no es fácil de curar.

–Tardaremos siglos en llegar allí si no vamos más deprisa.

–¿Adónde?

–A mi lugar secreto.

Ella dio una palmada en el lomo al caballo, que volvió a galopar. Él la siguió y, poco a poco, su cerebro fue adaptándose a la diferencia de velocidad y el sonido regular de las pezuñas del animal.

¿Cuál sería el lugar secreto de Shelby?

Ella se detuvo al lado de un árbol enorme. Desmontó y dejó las riendas en la rama de un árbol. Cuando llegó él, le tendió los brazos.

–¿Quieres que te ayude a desmontar?

–No soy un inútil.

Desmontó sin caerse y, al ir a dejar las riendas en la misma rama que ella, su caballo se fue trotando.

–Volverá –lo tranquilizó ella.

–No estoy muy seguro. Me da la impresión de que no le caigo bien.

La agarró de la cintura y la besó. Sabía a limonada y olía como las flores en primavera. Pensó que no deseaba estar en ningún otro sitio ni hacer otra cosa que el amor a Shelby allí, bajo las ramas de aquel árbol.

–Se diría que montar te sienta bien observó ella.

–Son tus labios los que me sientan bien, al igual que el resto de tu cuerpo, sobre todo con esos vaqueros que llevas. ¿Cuánto hace que hicimos el amor?

–¿Tienes síndrome de abstinencia?

–Me vendría bien una dosis.

La volvió a besar en la boca. Se excitaron tanto que Dex comenzó a pensar si su camisa les serviría de manta. Allí, nadie los veía.

Cuando se separaron, ella suspiró y miró a su alrededor.

–Llevo viniendo aquí sola, a caballo, desde que tenía nueve años. Hace tiempo grabé mi nombre en el tronco de este árbol –dijo ella indicándole el lugar.

Dex vio que había otro nombre grabado al lado del suyo.

–¿Quién es?

–Reese.

–¿La supuesta amiga que te robó el novio?

–Ya no nos hablamos.

–No me digas.

–Tu caballo volverá pronto –dijo ella haciendo una mueca.

–Pero, antes, voy a besarte al menos veinte veces más –volvió a atraerla hacia sí–. Lo único que deseo es hacerte el amor.

Pero ella se deshizo de su abrazo jugando y se escondió detrás del tronco del árbol. Cuando él la agarró por detrás, ella se dio la vuelta de un salto y se lanzó a sus brazos.

Volvieron a besarse, y hubieran hecho algo más, pero el caballo volvió y comenzó a frotarle el hombro a Dex con el morro.

–Quiere que nos vayamos –dijo Shelby al tiempo que agarraba las riendas del suyo y lo montaba–. Te echo una carrera.

A él le costó montarse, a pesar de que el caballo permaneció inmóvil. Por fin salieron trotando detrás de Shelby. Esta se detuvo al llegar a un antiguo establo y lo esperó.

–¿Es este tu sitio secreto? –preguntó él.

–Desde hace mucho tiempo.

En el interior había estantes vacíos en las paredes.

En el otro extremo había una puerta de madera. Una escalera conducía a un altillo.

–No es el hotel Beverly Hills –dijo ella al tiempo que se quitaba el sombrero y lo colgaba de un clavo.

–Tiene su encanto –apuntó él quitándose también el sombrero. Después la atrajo hacia sí, miró a su alrededor y asintió–. De hecho, aquí me siento como en casa.

–Este terreno fue nuestro.

–¿No irán a dispararnos por haber entrado en propiedad ajena?

–No te preocupes. Mi padre lo vendió hace dos años. Los nuevos dueños viven en Connecticut y no lo usan. Lo van a volver a vender.

–Tal vez tu padre quisiera comprarlo de nuevo.

–No tiene dinero, aunque tampoco deudas. Llevo viniendo aquí mucho tiempo. Me resultará extraño que alguien acabe utilizándolo.

Lo tomó de la mano y lo condujo hasta la puerta del fondo, que abrió.

–¿Ves esa colina? Soñaba con construirme una casa allí. Sería más un castillo que un rancho. Era muy joven.

–¿Te imaginabas que vendría un príncipe azul cabalgando en su caballo?

–Todas las niñas sueñan.

–¿Has traído a alguien más aquí?

–A nadie. Supongo que esperaba a enseñárselo a alguien especial.

Si ella creía que era especial, él pensaba que ella era espectacular. Había conocido a varias mujeres, pero era cierto lo que le había dicho a Zeb: Shelby le importaba mucho.

99

Él se fijó en un rifle que había colgado en la pared.

–Es para las serpientes –le explicó ella– y para practicar el tiro.

–La vida debía ser dura en el salvaje Oeste –comentó él.

–En algunos aspectos. Además, carecían de distracciones, salvo las de toda la vida.

–Me gustaría saber algo más de esas distracciones –afirmó él sonriendo–. Tal vez podrías hacerme una demostración.

Ella enarcó una ceja antes de desabotonarse la camisa. Después de sacarse los faldones, alzó un hombro, miró a Dex y se la fue quitando centímetro a centímetro. Cuando cayó al suelo, él lanzó un silbido.

–Espero que el espectáculo no haya terminado.

–Necesito que me ayudes con las botas –dijo ella volviéndose hacia él. Se apoyó en la pared. Él se arrodilló y, con esfuerzo, consiguió sacárselas. Después, se puso de pie, le desabrochó el cinturón y se lo quitó. Ella lo miró a los ojos mientras él le acariciaba los costados y su cabeza se inclinaba hacia la de ella.

A Shelby le pareció que hacía más bien un año que una semana que no estaban tan cerca el uno del otro. Mientras Dex la besaba y le introducía las manos en los vaqueros, ella le desabotonó la camisa. Él se quitó las botas, que salieron con más facilidad que las de ella.

Shelby lo condujo a uno de los compartimentos del establo. De una caja sacó una manta que guardaba allí para cuando hacía frío y la extendió sobre el heno.

–Túmbate conmigo.

Él la besó con tanta ternura que ella se emocionó hasta las lágrimas. Dex se dio cuenta de que se sentía abrumada por estar allí con él de aquel modo. Ella cerró los ojos y él le besó los párpados, antes de bajar de nuevo a la boca.

Sin dejar de besarlo, ella se bajó los vaqueros y las braguitas. Él hizo lo mismo. Después le besó los senos, todavía con el sujetador. Ella suspiró mientras él se tumbaba de espaldas y se la ponía encima, sentada a horcajadas.

Shelby se inclinó hacia él, que le acarició los senos antes de quitarle el sujetador. Después le rozó los pezones con la palma de la mano antes de llevarse uno a la boca, al tiempo que su mano descendía hasta su pubis y se deslizaba entre sus piernas.

Mientras la exploraba con los dedos y le lamía un pezón, ella comenzó a mover las caderas y los hombros y se entregó a la placentera sensación, que se intensificó. Cuando él comenzó a acariciarle su punto más sensible, ella aguantó todo lo que pudo hasta que el cuerpo se le tensó.

No quería alcanzar el clímax todavía.

Agarró los vaqueros de él y extrajo un preservativo de la cartera, que le puso. Después le examinó el rostro y supo que la decisión de llevarlo allí había sido acertada.

Aquel establo había sido testigo de su placer y de su vergüenza. Lo más probable es que, cuando volviera, el terreno se hubiera vendido. Si iba a ser su última vez allí, quería tener solo recuerdos felices. Y estar con Dex de aquel modo era mucho más de lo que había esperado.

Él la agarró de las caderas y la hizo bajar sobre su erección cada vez más, hasta llenarla por completo. Ella cerró los ojos y se concentró en el ritmo. La fricción pronto encendió una llama. Shelby colocó las manos sobre el pecho de Dex y modificó su postura para que con cada embestida la sensación fuera lo más intensa posible.

A medida que el rimo aumentaba, llegó un momento en que ella no pudo contenerse más. Echó la cabeza hacia atrás y, cuando su cuerpo comenzó a sufrir contracciones, se dejó ir al tiempo que se agarraba al pecho masculino. Se estremeció cuando una ola deliciosa y profunda la arrastró.

Capítulo Once

—¿Buscas algo?

Dex se estaba subiendo la cremallera de los vaqueros mientras miraba a Shelby que, envuelta en la manta que había sacado antes, miraba por la ventana del compartimento del establo que acababa de abrir.

—No.

Él se le acercó, la tomó de los hombros y deslizó los labios por su cuello hasta llegar a la oreja. Las veces que había hecho el amor con ella había sentido un delicioso cosquilleo en la sangre. Se sentía saciado. Afortunado. Pero aquella vez había sido diferente, especial. Lo había invitado a entrar en su mundo secreto, tan diferente del suyo, y se sentía enormemente agradecido.

Después de que las cosas se hubieran calmado y Tate regresara a Australia, podría pedirle que vivieran juntos. La idea lo asustaba y excitaba a la vez. Y si no funcionaba… No quería precipitarse. Si eso sucedía, Shelby ya había sobrevivido a una ruptura. Si la relación fracasaba… Bueno, ambos eran adultos.

Además, tal vez ella no quisiera vivir con él.

—¿Qué miras? —le preguntó abrazándola.

—Hace muchos años, vine un día y vi un cervatillo debajo de aquel arbusto —se lo señaló—. Trataba de incorporarse llamando a su madre, pero volvía a tenderse sobre la hierba. Cuando me acerqué, estaba tan inmóvil que parecía muerto. Cuando llegó el mediodía, comencé a preocuparme. No sabía qué hacer. Si me lo llevaba, su madre podía volver. Regresé a casa a buscar a mi padre. Él sabría qué hacer. Pero se enfadó conmigo por no haber recordado que mi madre se marchaba a ver a su hermana, que iba a tener un bebé.

–¿No querías ir con tu madre?

–Tenía que haber hecho la maleta esa mañana, pero lo único que pensaba era en salvar al cervatillo. Mi madre me esperó hasta que volví. No estaba enfadada. Era la persona más dulce que he conocido.

–¿Así que se fue sin ti?

–Nos despedimos, y ella se fue en el coche mientras mi padre y yo volvíamos aquí al galope. El cervatillo ya no estaba.

–Al final, su madre había venido a recogerlo.

–Eso fue lo primero que pensé. Mi madre hubiera querido hacer una parada de camino a casa de mi tía, pero esperarme la había retrasado. Así que decidió hacer todo el trayecto de una tirada. A las once de la noche chocó con un poste. Dijeron que la muerte fue instantánea.

Él la besó en la coronilla. Shelby se sentía culpable.

–Fue un accidente. Nadie tuvo la culpa.

–Me gusta pensar que la madre volvió a por el cervatillo y se fueron juntos al bosque.

–Cariño, seguro que sí –afirmó él, conmovido, abrazándola con fuerza.

***

El fin de semana pasó. Como Tate estaba disfrutando tanto, Dex propuso que se quedaran unos días más. Zeb se puso muy contento; Tate, aún más.

Fueron a dar largos paseos a caballo. La forma de montar de Tate y Dex mejoró. El vínculo inicial que se había creado entre Tate y Zeb se fortaleció. Después de dar de comer a los patos por la tarde, se sentaban los dos juntos a ver las monedas de Zeb.

Shelby y Dex dormían en habitaciones separadas, así que era por las tardes cuando estaban solos, normalmente en el viejo establo.

Una tarde, cuando ya llevaban una semana allí, al volver de su paseo encontraron a Zeb en la cocina preparándose un café mientras Tate se tomaba un vaso de leche.

–Voy al pueblo –dijo Zeb–. Hay otra gotera en el tejado del establo.

–¿Cuántas has tenido? –pregunto Dex.

–Dieciocho este año.

–Tal vez debieras cambiar el tejado –le sugirió Shelby.

–El que hay está bien, solo necesita una reparación. Hacer reparaciones te mantiene joven. ¿Eres mañoso, Dex?

–Me temo que no.

–Tienes tiempo de aprender –dijo Zeb terminándose el café–. Cuando vuelva te enseñaré cómo se hace.

–Tal vez sea un poco difícil para él –apuntó Shelby–. No hay mucha demanda para reparar tejados de establos en Los Ángeles.

–Pero cuando volváis a venir… A lo que me refiero es que nunca está de más saber manejar un martillo.

–¿Quieres que vayamos nosotros al pueblo? –le propuso Dex–. Cuando volvamos te ayudaré a reparar la gotera.

Zeb miró a su hija, que, de pronto, parecía muy interesada en la jarra de leche que había en la mesa.

–No, iré yo –dio su padre.

Dex se dio cuenta de que Shelby no quería arriesgarse a toparse con Reese. Pero él estaría a su lado. Ese día era tan bueno como cualquier otro para demostrar a Mountain Ridge que Shelby había salido adelante.

–Me gustaría mucho ver el pueblo –le dijo a Shelby.

–Ya lo viste cuando llegamos –ella sonrió con estoicismo–. De todos modos, tengo que ir a comprar algunas cosas. Se me ha acabado el champú, y necesitamos café.

–Voy a haceros una lista –se ofreció su padre.

–¿Sabes conducir un vehículo con marchas, hijo?

–Sí.

–Las llaves de la camioneta están en el salpicadero.

Zeb y Tate salieron de la cocina. Dex y Shelby se miraron.

Él la tomó de la mano. Era evidente que su padre tenía la esperanza de que venciera sus miedos antes de marcharse de Mountain Ridge. Y él también la tenía.

–¿Te parece bien que vayamos?

–Desde luego. ¿Por qué no iba a parecérmelo?

Mientras ella iba a por el bolso, Dex se recostó en la silla. Había hecho pruebas a muchos actores, y la forma de mentir de Shelby era de las mejores que había visto.

Mientras Dex ayudaba a Shelby a bajar de la camioneta, le indicó con la cabeza el vestido de algodón que se había puesto.

–Ese color naranja te favorece.

–Tú también estás muy bien.

–¿Has visto el sombrero que llevo? Es australiano de verdad. Y si tú te quejas de tu pueblo, debieras ver el mío. Los extranjeros siguen esperando ver canguros saltando por las calles.

–¿Haces surf?

–Sí.

–Seguro que estás muy atractivo cabalgando sobre las olas. De hecho, ahora mismo lo estás.

–Si intentas darme jabón para meterte en mis pantalones, te aseguro que estoy totalmente disponible.

Cuando él trató de besarla en el cuello, ella rio y le dio un palmada en el pecho.

–Estamos en el pueblo, vaquero.

–¿Y qué? ¿Te da vergüenza?

La rodeó con el brazo y le frotó la mandíbula en la mejilla. Ella soltó una risita y se sonrojó. Si la gente no los había mirado antes, seguro que lo estaría haciendo en ese momento.

Shelby entendía por qué se comportaba así Dex: quería transmitirle que no debía sentirse incómoda en el pueblo por el fracaso de su relación amorosa. Formaba parte del pasado. Y a ella le gustaba que Dex manifestara lo que sentían el uno por el otro.

Ella consiguió taparle los ojos con el sombrero y separarse de él. Dex se echó a reír al tiempo que se subía el sombrero.

–Te lo advierto: en cuanto volvamos a casa, haya ayudado a tu padre con la gotera y nos hayamos comido ese asado maravilloso que nos has prometido…

Se interrumpió cuando vio que Shelby se había

puesto pálida y miraba a una mujer que cruzaba la calle. Pero no era quien creía que era.

–¿Estás bien? –preguntó él.

Ella se obligó a sonreír y fingió que miraba el estado del cielo.

–Tenía que haberme puesto un sombrero. El sol todavía calienta mucho.

Pero él no estaba dispuesto a dejar el tema.

–Cuando llegamos la semana pasada, una mujer rubia salía de la peluquería. Parecía que la conocías.

–Recuerda que es un pueblo pequeño.

–¿Era tu amiga Reese?

Ella no quería hablar de ello.

–Mira, allí está la ferretería.

El señor Oberey, el dueño, la reconoció enseguida.

–Vaya, vaya, ¿cómo estás, jovencita? Me habían dicho que te habías ido a California.

–Hace más de dos meses –contestó ella, contenta de que no hubiera nadie más en la tienda. El señor Oberey estaba presente la última noche, cuando Shelby tomó la palabra, pero se había limitado a agachar la cabeza cuando ella salió de la habitación. Su esposa, sin embargo, era una de las mayores cotillas del pueblo.

Shelby le presentó a Dex, y el señor Oberey se mostró impasible.

–¿Qué necesitas?

–Mi padre tiene que arreglar el tejado.

El dueño agarró un paquete de clavos.

–Dile que use estos, y recuérdale que mi nieto estaría encantado de cambiarle el tejado por un precio muy razonable –y añadió dirigiéndose a Dex–: ¿Le gusta este rincón del mundo?

–Me lo estoy pasando muy bien.

–Yo llegué hace cuarenta y un años. Pasé por aquí y conocí a mi esposa, por lo que el pueblo se convirtió en mi hogar.

Shelby pagó.

–Me alegro de conocerlo, señor Hunter. Tal vez un día venga a hacernos una vista y decida quedarse –guiñó el ojo a Shelby–. Esta joven sería bien recibida si volviera.

–Gracias, señor Oberey –dijo Dex–. Pero no voy a marcharme de Los Ángeles. Mi familia tiene una empresa allí.

–Un estudio cinematográfico –puntualizó Shelby.

–Si rueda usted una película aquí, yo podría hacer de extra, sin cobrar.

–Lo tendré en cuenta –dijo Dex estrechándole la mano.

Ya en la calle, Shelby estaba a punto de decirle que el señor Oberey era quien organizaba las noches mensuales de cine del pueblo, cuando pasaron por delante de la agencia inmobiliaria.

–Esa es la colina y ahí está el viejo establo –dijo ella señalándoselos con el dedo. Sacó el móvil del bolso, se apoyó en él con el brazo extendido e hizo una foto. Después se volvió a mirar el precio en el escaparate y la sonrisa le desapareció–. Parece que no tienen prisa en vender. Piden mucho más dinero que por el que lo vendió mi padre.

Dex le estaba diciendo que eso estaba bien, ya que así tendría más tiempo para disfrutar del establo, cuando ella oyó que decían su nombre. La reconoció de inmediato. Le fallaron las piernas y le invadió una oleada de recuerdos de dos niñas que se criaron juntas. Y que se enamoraron.

Del mismo hombre.

Cuando volvieron a decir su nombre, Dex se volvió. Ella trató de respirar normalmente e hizo lo propio.

–Me pareció que eras tú –Reese le sonrió–. Tienes un aspecto estupendo.

–He venido a ver a mi padre –le explicó Shelby con voz firme.

–Y me ha traído con ella –Dex le tendió la mano–. Dex Hunter. ¿Cómo está?

–Reese Morgan. Bien, gracias –pero no parecía estarlo. Tenía el pelo lacio y escaso, como si se le estuviera cayendo a puñados; y los ojos enrojecidos, como si llevara un mes sin dormir.

–¿Cuánto vais a quedaros?

–Dos días más –respondió Shelby.

–Supongo que estarás muy ocupada estos días. Tal vez podamos vernos si vuelves en otra ocasión.

–Sí –contestó Shelby sin poder sonreír–. En otra ocasión.

–¿Has encontrado piso?

–Uno muy bonito.

–Pero se ha mudado a vivir conmigo –intervino Rex–. De momento estamos en un hotel porque están haciendo reformas en mi casa de la playa.

–¿La casa de la playa?

–En Santa Mónica. ¿Lo conoce? –Reese negó con la cabeza–. Pues venga a hacernos una visita.

La mirada de perplejidad de Reese fue cambiando hasta que en sus ojos apareció un destello de orgullo.

–¿Vais a ir al baile de mañana por la noche? –preguntó.

–¿Y tú? –preguntó Shelby a su vez.

–Probablemente no. Kurt no anda muy bien de salud.

–Lo siento.

–Sí, bueno. Me alegro de haberte visto.

Shelby y Dex se dirigieron a la camioneta. Ella iba pensando que su antigua amiga, con su pelo ralo y su palidez, parecía una fantasma.

Esa noche, después de cenar y de haber acostado a Tate, Dex estaba decidido a llegar al fondo del misterio de Reese y Kurt. Sentados con Zeb en el porche, hablaron de cómo había ido la reparación del tejado esa tarde. Dex se había subido a la escalera para darle los clavos a Zeb y había disfrutado ayudándolo.

Zeb se levantó y les dio las buenas noches. En cuanto hubo entrado en la casa, Dex le preguntó a Shelby:

–¿Por qué te fuiste de Mountain Ridge?

–Llevaba toda la vida ocupándome de mis propios asuntos –respondió ella.

–¿Hasta…?

–Hasta hace un año, cuando conocí a un hombre.

–¿No era de por aquí?

–Dijo que había perdido a su familia, salvo a su hermana, a la que no veía. Deseaba asentarse en un pueblo pequeño. Tenía experiencia en la fabricación de sillas de montar y quería abrir una tienda. Hablaba mucho y era muy convincente. Empezamos a salir. Al cabo de dos meses, me pidió que nos casáramos.

111

Dex no apartaba los ojos de su perfil, tan orgulloso y hermoso, pero tan atormentado.

–Sé que pensarás que dos meses es poco tiempo, pero él era así. Por primera vez, mi vida y el futuro brillaban. Me dormía pensando en la buena suerte que había hecho que Kurt y yo nos conociéramos.

–¿A tu padre le pareció bien?

–Kurt hizo lo tradicional. Pidió hablar con mi padre a solas. Cuando salieron, mi padre le dio la bendición, pero su expresión era…

–¿Recelosa?

–Triste.

Ella se levantó y Dex la imitó. Se agarraron a la barandilla del porche y el puso su mano sobre la de ella.

–Siempre me he preguntado lo que hubiera dicho mi madre. Solo quería mi felicidad, y mi padre sabía que no sería feliz con Kurt. Más tarde, cuando todo hubo terminado, me dijo que lo había leído en sus ojos, que describió como ojos de lagarto, calculadores. Yo no lo vi así, al menos en las primeras semanas.

–Así que te regaló un anillo.

–Me dijo que tenía que arreglar sus finanzas primero. Dijo que tenía una propiedad en el estado de Nueva York. Cuando la vendiera me regalaría el diamante más hermosos del mundo. A mí no me importaban los diamantes. Lo único que quería era estar junto a mi alma gemela, junto a la persona que parecía entenderme mejor que nadie. Supongo que te sentirás incómodo.

Normalmente, Dex intentaba evitar los sentimientos de intranquilidad. Era más fácil reírse de la vida que llorar por su causa. Pero llevaba tiempo queriendo conocer aquella historia. Y quería entenderla.

–Planeamos qué parte del rancho nos daría mi padre como regalo de boda. Cuando Kurt dijo que debía darnos el mejor terreno ya que, un día, nos los dejaría todo, a mí se me hizo un nudo en el estómago, pero, en vez de dejarme guiar por la intuición, me hice reproches. No debía juzgarlo, ya que Kurt solo era una persona práctica.

–¿Fue entonces cuando caíste enferma?

–Justo después de que mi padre redactara los documentos. Tenía un catarro y se me complicó. No dejaba de toser y me sentía muy débil.

–¿Pero tu padre había firmado? ¿La tierra ya era de Kurt?

Ella negó con la cabeza.

–Por suerte, me desmayé en el trabajo. Me desperté en el hospital de un pueblo vecino, del que tardé meses en salir.

–Así que nuestro querido Kurt buscó otra víctima.

–Que fuera Reese me dolió más que nada. Cuando mi padre me lo contó, me derrumbé. Me resultaba increíble que los dos me hubieran hecho eso. Pero cuando recobré las fuerzas, comencé a cabalgar y vi las cosas de otra manera.

–¿Te consideraste afortunada por haberte librado de ese canalla?

–Simplemente me dije que no era el hombre adecuado para mí.

–Y que lo digas.

–Me mandaron una invitación para que fuera a la boda. Por supuesto, no pensaba acudir. No sé por qué cambié de opinión. Puede que quisiera contemplar con mis propios ojos lo felices que eran, mientras que yo…

No estuve mucho rato. ¿Te puedo contar algo que no sabe nadie?

—Mis labios están sellados.

—Me fui de allí llorando. No pensaba con claridad. Cuando me monté en la camioneta, metí la marcha atrás en vez de primera. El coche de Kurt, un Mustang del que no hacía más que alardear, estaba aparcado detrás de mí. Choqué con él.

Dex se limitó a sonreír.

—Cambié de marcha, pero me temblaban las manos. No conseguía meter primera.

—¿Volviste a chocar con él?

—Con más fuerza.

¿Y nadie oyó el ruido?

—Había una tormenta con muchos truenos. Me quedé en la camioneta pensando qué hacer. Un rayo cruzó el cielo y cayó sobre un árbol que había a mi lado. Esa vez pisé el acelerador. En ese momento, el árbol cayó sobre el coche de Kurt —Shelby se mordió el labio inferior—. Debería habérselo dicho a alguien.

—¿Que había chocado con el coche o que el árbol se había caído?

—Después me enteré de que no estaba asegurado. Mi padre es honrado a carta cabal. Si supiera que me marché de la escena del accidente se sentiría avergonzado.

Dex no era de la misma opinión. Si Zeb se hubiera hallado en la misma situación hubiera metido la marcha atrás muchas más veces.

—Debería haberme entregado al sheriff —Shelby bostezó—. De pronto me han entrado ganas de dormir.

—Se llama catarsis —le agarró la mano—. Yo te llevo.

La condujo a su habitación, que estaba en el extremo opuesto a la de él. En la puerta la abrazó y besó con ternura. Ella lo abrazó a su vez y lo besó.

–No vayamos a empezar algo que no podemos terminar –dijo él con una sonrisa.

–¿Te quedas conmigo esta noche?

–Quiero hacerlo, Shelby, pero…

–Solo quiero que me abraces, despertarme en tus brazos.

Dex se preguntó cuántas mañanas se habría despertado Shelby recordando que su ex estaba jugando en la cama con su mejor amiga. Nadie se merecía que le sucediese algo así, especialmente ella.

La besó suavemente en los labios y murmuró:

–Me iré al amanecer.

Ella lo tomó de la mano y, una vez dentro de la habitación, se desnudó por completo y se acostó. Él se tumbó a su lado y apagó la luz. La rodeó con el brazo y le acarició el pelo hasta que se quedó dormida. Cuando se despertó al amanecer, la besó en la frente y no se movió hasta que oyó que Zeb estaba trabajando en el tejado. Debía de haber encontrado otra gotera.

Ella se removió, abrió los ojos y lo miró, y la manera en que le sonrió le compensó por los calambres que sentía en el brazo.

Cuando le dio las gracias en un susurro, Dex sintió una opresión en el pecho, algo que hasta ese momento no sabía que existiera. Y comenzó a pensar en la posibilidad de marcharse, pero no de Mountain Ridge, sino del estudio cinematográfico. Sonrió al imaginarse como un vaquero. Después se preguntó si no estaría yendo demasiado lejos.

Capítulo Doce

–Celebramos bailes todos los meses –le dijo Shelby a Dex mientras subían por el sendero que conducía al centro social, intensamente iluminado y desde donde les llegaba el sonido de la música.–. También hay noches de cine. Ya sé que parece pasado de moda.

–En absoluto. Bueno, un poco.

–En una comunidad unida, siempre hay algo que celebrar.

–Y esta noche es la vuelta de un soldado –apuntó él.

Cuando ella se detuvo frente a los escalones de la entrada del centro, él la imitó.

–Si subo estos escalones…

No tuvo que añadir nada más. Debía de ser difícil enfrentarse a toda esa gente que sabía que la habían dejado plantada y la habían sustituido por su mejor amiga.

Zeb les aseguró que él se ocuparía de Tate. A Dex le pareció la ocasión ideal para que Shelby cerrara el círculo y se marchara del pueblo con la cabeza muy alta.

Shelby había tenido suerte al caer enferma y librarse de vivir con un hombre que había abandonado a su prometida en el hospital para acostarse con su mejor amiga.

–No tenemos por qué entrar –dijo él.

–Debo hacerlo. Quiero hacerlo.

–Así me gusta –comentó él después de besarla en los labios. Le puso la mano en la espalda y subieron.

La enorme sala estaba atestada de gente de todas las edades. Algunos bailaban; otros se contentaban con charlar. La banda local tocaba en el escenario.

–¡Qué buena entrada! –exclamó Dex.

Shelby asintió sonriendo, pero él notó que estaba alerta, como si esperara que fuera a caer una bomba.

–¿Reconoces a alguien? ¿O a todo el mundo?

Ella miró a su alrededor en busca de Reese y Kurt. Pero Reese había dicho que Kurt no se encontraba bien, por lo que lo más probable era que no acudieran.

De pronto, Dex se percató de que todos los presentes los miraban. A su lado, Shelby se puso rígida. A Dex no le preocupaban mucho los buenos modales, pero aquella forma de mirarlos era una grosería. Se dio cuenta de que Shelby no había exagerado al estar ansiosa por tener que enfrentarse a aquella gente.

Algunas personas asentían y parecían contentas y dispuestas a apoyarla; otras parecían perplejas o consternadas. ¿Por una ruptura de la que ella no había tenido la culpa?

Él señor Oberey, el dueño de la ferretería, se abrió paso entre la multitud.

–Le estaba diciendo a mi esposa que esperaba que vinierais.

–¿Está aquí la señora Oberey? –preguntó Shelby.

–Dándole los últimos toques a la tarta.

Mientras el hombre seguía hablando, Dex se fijó en una persona que parecía fascinada por su presencia. De pie al lado de un altavoz, Reese Morgan tenía un plato con comida en la mano. Estaba muy pálida. A su lado había un hombre, que Dex supuso que sería Kurt.

Reese miraba fijamente a Shelby. Le dijo algo a Kurt y este la miró también. Entrecerró los ojos, echó los hombros hacia atrás y una expresión lasciva se dibujó en su rostro. Dex apretó las mandíbulas mientras la ira crecía en su interior.

Alguien en el escenario reclamó la atención de los presentes. Cuando el padre del soldado comenzó a decir lo orgulloso que se sentía de su hijo, Dex le prestó atención.

El soldado, el sargento Hugh Evans, agarró el micrófono y fue recibido con un fuerte aplauso. Después de agradecer su presencia a la gente, pidió un minuto de silencio en recuerdo de los que ya no podrían vivir una situación como aquella con su familia y sus amigos.

Dex se dio cuenta de que Reese y Kurt habían desaparecido. Una anciana se les acercó con un trozo de tarta para cada uno. La banda volvió a tocar. Dex probó la tarta.

—Es casi tan buena como la que haces tú —le dijo a Shelby.

Ella iba a contestarle cuando el soldado se les acercó.

—Hola, Shelby —después miró cordialmente a Dex—. Creo que no nos han presentado.

Una vez hechas las presentaciones, Dex se enteró de que el sargento Evans había ido al colegio con Shelby.

—Dex, ¿te importa que baile con Shelby?

—Claro que no. De todos modos, iba a ir a por un vaso de ponche.

Se acercó a la barra, dejó la tarta y le dieron un vaso. Mientras se lo bebía sonrió al ver a Shelby bailar con Evans. De pronto, el hombre que suponía que era Kurt se le acercó.

–No hay nada como estas reuniones sociales de pueblo –observó el hombre.

Dex se volvió hacia él, que sonreía como un estúpido. Tuvo ganas de darle un puñetazo, pero se contuvo y se bebió lo que le quedaba de ponche.

–Aunque sea un pueblo, la ocasión es importante.

–Estoy de acuerdo. Le he dicho a Reese que invitemos a comer a casa al sargento Evans. Fueron juntos al colegio –indicó con la cabeza a Shelby y al sargento–. Ellos también. Aunque ahora mismo parecen algo más que amigos. Yo no les quitaría ojo. Podría convertirse en algo más serio.

Dex cerró los puños.

Kurt volvió a reírse.

–Estoy bromeando. Todo el mundo habla de lo bien que a ella le va en la tierra de las estrellas. Parece que Shelby cuida a tu hijo, ¿no? ¿Lo habéis traído?

Dex siguió escuchando a aquel hombre hablar como si fueran viejos amigos contándose las novedades. La mera idea le revolvió el estómago.

Pero miró a Shelby bailando y riéndose por algo que le había dicho el sargento y supo que ella había superado parte de su aprensión ante el hecho de volver, lo cual lo alegró.

En cuanto a la alimaña que estaba a su lado, ya le había dedicado demasiado tiempo. De todos modos, antes de marcharse, sería una negligencia por su parte no señalarle una cosa.

–Tengo que darte las gracias –dijo Dex.

–¿Por qué?

–Me alegro de que abandonaras a Shelby, porque eso la hizo llegar a mí, y eso es algo que debo agradecerte. Y no te acerques a ella esta noche; mejor dicho, no vuelvas a acercarte a ella.

La canción había acabado, y Hugh y Shelby volvieron.

–Mis padres van a hacer una comida mañana. Sería estupendo que os pasarais –dijo Hugh.

–Fantástico –respondió Dex al tiempo que le estrechaba la mano.

Cuando el soldado se hubo marchado, Dex tomó a Shelby de las manos.

–¿Te diviertes?

–Sí, pero creo que es hora de volver a casa.

–Todo este revuelo te ha dejado agotada después de pasarte una semana sentada en el porche oyendo a los búhos y contando las estrellas.

–Me gusta sentarme en el porche contigo –se dirigieron a la puerta–. Aunque supongo que a ti te resultará aburrido.

–Está bien cambiar de ritmo.

Ella se volvió a mirar por última vez la fiesta y, después, apoyó la cabeza en el hombro masculino mientras bajaban los escalones.

–Te dije que vine a al fiesta de compromiso de Reese y Kurt. Se celebró aquí.

–La noche en que abollaste el coche de Kurt.

–¿Quieres oír el resto de la historia?

Él le pasó el brazo por la cintura y suspiró.

–Cuéntamela.

–Intenté ser generosa, incluso positiva, mientras todos me preguntaban si me encontraba bien. Era la mujer que, en seis meses, había estado a punto de morir y a la que había abandonado su prometido. Antes de los discursos salí a tomar el aire para calmarme. Allí –le indicó una rotonda cercana– vi a Kurt con una desconocida en una situación embarazosa. Primero me quedé anonada, y después hice el ridículo.

Él se detuvo y la tomó por los hombros.

–Nadie va a juzgarte por haber contado a Reese lo que viste. Te subiste al escenario y…

–No, lo que os conté esa noche para ayudaros con el guion no sucedió exactamente así. No me mantuve digna y dejé a la multitud con la boca abierta por mi capacidad de perdonar. Agarré el micrófono, dije a la orquesta que dejara de tocar y solté lo que acababa de ver. Después expliqué todos los detalles de mi relación con Kurt y cómo me había abandonado cuando estaba a punto de morir al darse cuenta de que no podría conseguir mis tierras. Les dije que me había dejado por mi mejor amiga, con la que me había criado y a la que quería como a una hermana.

–¿Y algunos se acercaron a consolarte mientras otros se disponían a linchar a ese imbécil?

–No. Kurt subió tranquilamente al escenario, me lanzó una sonrisa compasiva y dijo que entendía muy bien esa relación de hermanas. Añadió que la mujer con la que lo había visto, que estaba allí, en medio de la multitud, era su hermana.

–¡Vaya! –exclamó Dex.

–Y entonces recordé a aquella hermana de la que me había hablado, a quien llevaba meses sin ver. Parece que se había puesto en contacto con ella para anunciarle que se iba a casar, y ella se había presentado aquí por sorpresa. Me fui de Mountain Ridge al día siguiente.

Dex la abrazó y le acarició la espalda mientras ella apoyaba el rostro en su hombro.

–De todos modos, es un canalla.

–No sabes las veces que he revivido esa escena con el deseo de cambiarla.

–Fuiste valiente. Hubiera sido mucho mejor que callarte, en el caso de que hubieras tenido razón. Lo importante es que te libraste de él.

En ese momento, el móvil de Dex vibró en el bolsillo.

Cuando el vaciló en responder, Shelby le dijo que lo hiciera, ya que podría ser importante.

Él lo hizo. Mientras escuchaba le pareció que la tierra se abría bajo sus pies. Estaba preparado para casi cualquier cosa, pero no para aquello.

Dio las gracias al policía que había la otro lado de la línea.

–Ha habido un incendio –le dijo a Shelby.

Esta, horrorizada, se agarró a su brazo.

–¿Dónde? ¿Hay alguien herido?

–En mi casa. Solo quedan los cimientos –lanzó una maldición mientras abría la puerta del coche–. La policía quiere verme lo antes posible.

Capítulo Trece

Dex se hallaba al otro lado del precinto policial contemplando las ruinas de lo que había sido su casa. A su lado, Shelby lo agarraba por la cintura como si temiera que se fuera a lanzar a los escombros.

–Lo siento mucho, Dex.

–Solo era una casa –afirmó él tratando de quitarle importancia.

Una buena casa en la que vivía cómodamente y de la que estaba orgulloso. Pero el ladrillo y la madera eran reemplazables.

–Me enfada más pensar en lo que hubiera sucedido de haber habido alguien dentro. Si no hubiera alquilado la suite… Si Tate o tú hubierais…

Su vida en Los Ángeles había sido fácil hasta que recibió el primer anónimo. A partir de entonces, todo se había trastocado.

–¿Cabe la posibilidad de que fuera un accidente?–preguntó ella.

–Los expertos lo averiguarán pronto.

–¿Y si descubren que el fuego fue intencionado?

Entonces habría que contestar algunas preguntas. Dex había hablado por teléfono con Brandon, el detective privado, al enterarse, y después en persona al llegar a Los Ángeles. El hombre aún no tenía pistas fiables.

Se pasó la mano por la frente. ¿Qué iba a hacer? ¿Qué podía hacer aparte de buscarse un buen abogado y redoblar sus esfuerzos por mantener a salvo a sus seres queridos?

–Hallarán pruebas –dijo ella–. Quien está detrás de esto está trastornado.

–Me las arreglaré.

–Sé que es duro –prosiguió ella– pero debes contarlo todo a la policía, y hacerlo ya. Sabes que las cosas pueden empeorar.

Dex lanzó un gruñido. Se lo había pasado de maravilla en Mountain Ridge, y le había gustado conocer otro aspecto de ella: su vulnerabilidad y su capacidad de salir adelante. Pero ya no recordaba por qué se le había ocurrido la idea de vivir juntos.

Detestaba que lo presionaran. No estaba preparado para que una mujer le dirigiera la vida. Tenía cerebro y sus propias reglas.

–¿Me oyes, Dex?

Él se alejó de ella hacia el otro extremo de su propiedad en ruinas, pero Shelby lo siguió.

–¿Por qué no nos subimos al coche y...?

–Creí que habías escarmentado y que no te ibas a inmiscuir en las decisiones equivocadas de otras personas.

–Esto es distinto. Debes revelar todo lo que sabes, y hacerlo enseguida. Si tu amigo no se entrega voluntariamente, debes entregarlo tú.

–¿Para que lo metan en la cárcel?

–Si de verdad fuera tu amigo, no te hubiera puesto en esta situación.

–La gente comete errores.

–Entonces, deberías invitar a Reese y a Kurt a cenar.

–No son situaciones comparables.

–Puede que no. Pero debes ir a ver a tu amigo y contarle lo que pasa. Si le das la oportunidad, se dará cuenta de que debe entregarse para que ese canalla te deje en paz. Y si no se entrega…

–No lo voy a delatar, Shelby.

–¡Maldita sea, Kurt, habrá víctimas!

Kurt pensó que no se daba cuenta de lo que le pedía que hiciera. Una estancia en prisión era algo de lo que uno difícilmente se recuperaba.

Ella insistió.

–¿Y Tate?

Habían volado de Oklahoma a Seattle para dejar temporalmente al niño con Teagan.

–No podrá volver hasta que ese hombre esté entre rejas –prosiguió ella–. Tienes que enfrentarte a esto, Dex.

–Vale, vale. Hablaré con Joel y le diré lo que debe hacer.

–¿En serio?

Shelby tenía razón. La última vez que había hablado con Joel era un hombre distinto al que había conocido: desilusionado y sin blanca. Pero era hora de llegar al fondo de aquella pesadilla y de ver si, los dos juntos, conseguían adivinar lo que había detrás, antes de que la policía le tomara declaración.

Durante el trayecto al hotel no hablaron. Mientras él se servía un whisky y salía a la terraza oyó que ella habría un grifo. Luego lo llamó.

Estaba en la puerta del cuarto de baño de la habitación de él. Llevaba puesto el albornoz y le sonreía como diciéndole: «Aquí estoy para ti». Dejó caer el albornoz a sus pies.

–¿Te apetece date una ducha?

Él se sacó la camisa por la cabeza y fue hacia ella.

–Me parece una idea excelente.

–Creo que podré quitarte la tensión de los hombros.

No necesitaba que lo convenciera.

La atrajo hacia sí y la besó en la boca.

Cuando sus lenguas se enredaron, ella le deslizó los dedos por los costados hasta llegar a los muslos. Dex la apretó contra sí. Había sido un mal día. Antes se había irritado por la insistencia de Shelby, pero, aquel momento, su forma de liberarlo de la tensión era justo lo que necesitaba.

Su amigo le abrió la puerta. Parecía un vagabundo. Le dio una palmada en el hombro y se volvió a sentar frente al ordenador.

Dex contempló el estado de abandono en que se hallaba el piso de Joel. Parecía que la situación de su amigo había empeorado desde su última visita, que había sido hacía mucho tiempo. Era increíble que ese mismo hombre hubiera sido un as de las finanzas. Un paso en falso del que no pudo recuperarse, la adicción a las drogas y una actitud de «me da todo igual» habían hecho el resto.

–¿De dónde sacas el dinero para apostar?

Dex examinó las revistas y las cajas vacías de pizza que cubrían el suelo y la mesa.

–Este sitio huele que apesta. ¿Cuándo fue la última vez que te duchaste?

–¿A qué has venido? Hace mucho que no nos vemos. Se me había olvidado tu rostro.

–Me han quemado la casa.

–Estarás asegurado.

–Alguien sabe lo del incendio que provocaste. Quieren que pague para que no lo denuncien.

–¿Después de todo este tiempo? ¿Qué vas a hacer?

–No tenemos elección. Tenemos que ir a la policía y contarles lo que pasó.

–¿Y yo qué tengo que ver con todo eso? –inquirió Joel sonriendo.

Dex se preguntó si lo había escuchado.

–He recibido una carta en que me piden dinero y han quemado un ataúd en miniatura en mi jardín –Dex soltó un maldición–. Tendría que haber ido inmediatamente a la policía.

–Pero no lo hiciste. Me apoyaste. No me delataste.

–Tenemos que arreglar esto.

–Para ti es fácil decirlo. Yo ya no me encuentro en una posición económica boyante.

–Hice todo lo que pude por ti.

–¿Y qué fue? Darme algo de dinero.

–¿Qué demonios pretendes? –le espetó Joel.

–Se suponía que eras mi amigo. Podrías haberme dado trabajo. Pero no, te limitaste a ver cómo me hundía. Tenías una casa en la playa –Joel extendió los brazos–. He aquí mi paraíso.

–Tienes que poner de tu parte. Y eso no puedo hacerlo por ti.

–Claro que puedes.

Joel le sonrió con frialdad y Dex retrocedió tambaleándose al caer en la cuenta de lo que sucedía.

–¿Eres tú quien está detrás de la cartas? ¿Eres tú quien provocó el incendio de ayer?

–No me tomabas en serio, por lo que tuve que hacer algo para atraer tu atención.

Dex se puso hecho una furia.

–Mi hermano podía haber estado allí.

–No quiero hacer daño a nadie. Nunca ha sido mi intención.

–¡Pues mira lo que estás haciendo! –Dex dio un puñetazo a la pared–. ¿Es que te has vuelto loco? Joel se frotó la nariz y los ojos se le llenaron de lágrimas.

–No me valgo por mí mismo.

Dex pensó en todos los años que había disculpado a su amigo, en los que no había puesto fin a su amistad cuando debería haberlo hecho.

–Tranquilízate y ve a la policía. Cuéntales lo que pasa o te aseguro que lo haré yo –lo amenazó Dex al tiempo que se dirigía a la puerta.

Esa noche, mientras cenaba con Shelby en un caro restaurante, Dex seguía pensando en la visita a Joel y, más tarde, en la reunión con su abogado. En ese momento, Teagan lo llamó.

–Hola –dijo él–. ¿Cómo está Tate?

–Te echa de menos. Solo habla de montar en un poni, dar de comer a los patos, coleccionar monedas y de cuánto le gusta Mountain Ridge.

Dex sonrió.

–Es un lugar especial, hermanita. Deberías ir a conocerlo.

–Se diría que vas a volver.

–Tengo que resolver un problema antes de pensar en eso.

Como ya se lo había contado, Teagan sabía de qué hablaba.

–Llevo pensando en ti todo el día –dijo su hermana con un suspiro.

Dex recordó el ultimátum que le había dado a Joel, y el consejo que su abogado le había ofrecido, y se le contrajo el estómago. Pero no había vuelta atrás.

–No te preocupes –dijo al tiempo que le apretaba la mano a Shelby–. Mañana, todo se habrá solucionado.

–¿Ya sabes quién está detrás?

–Por suerte, sí. Pero ya hablaremos cuando vaya a recoger a Tate.

–No hace falta que Tate siga yendo de un lado a otro. Puede quedarse aquí un tiempo.

–Te recuerdo que tienes un negocio.

–Lo mismo digo.

Dex soltó una carcajada.

–Perdóname por haberme tomado unos días de vacaciones.

–Tienes que centrar tus energías en solucionar el lío en el que estás metido, no en hacer de canguro.

–Shelby estará con Tate cuando yo no pueda.

–¿Y qué dice la interesada?

–Cuidar niños es su trabajo, Teagan. Para eso la contraté y por eso está aquí.

–¿Ah, sí? Me parece que no hace falta que Tate esté allí para que Shelby siga contigo.

–¿Crees que por eso quiero que Tate vuelva? ¿Para que Shelby no se vaya? Le di mi palabra a papá de que cuidaría de él.

–Ya lo sé. Pero no te engañes: al mismo tiempo estás cuidando al amor de tu vida.

Cuando la llamada concluyó, Shelby lo miró con cara de pocos amigos.

–¿No estarás pensando en serio lo de traer de vuelta a Tate?

–Ya has oído lo que le he dicho a Teagan. Vamos a comer antes de que se enfríe.

–No sabemos lo que va a pasar. ¿Cómo puedes estar seguro de que tu amigo irá a la policía? ¿Y si se le ocurre huir y la próxima vez lanza un bidón de gasolina a tu coche?

Se suponía que aquella cena tenía que ser de celebración de haber descubierto quién lo estaba amenazando, pero cada vez le parecía más una cena de despedida. Desde el primer momento había sabido que a Shelby le gustaba hacer las cosas a su manera y que era obstinada. Pero volvía a tener razón: nada era definitivo hasta que no estaba hecho. Pero no quería oírlo en aquel momento. Y ella seguía hablando y exponiendo sus argumentos.

Pero ella le importaba. Deseaba que la vida le dejara de resultar tan complicada. Añoraba la vida sencilla de Mountain Ridge.

Tomó los cubiertos y comenzó a comer.

–Se acabó la discusión.

–Muy bien –dijo ella–. Si Teagan lo consiente y si te dejan salir de la ciudad, ve a buscar a Tate. Pero no estaré aquí cuando vuelvas.

–¿Me estás amenazando?

–No es una amenaza. Me contrataste para cuidar a Tate, pero no de este modo. Me lo impide mi conciencia.

–Tu conciencia… Dex apretó los dientes–. ¿Y tienes confianza? –quería decir confianza en él.

–No se trata de tener confianza, sino de la ley y de las medidas de seguridad.

–Entiendo. Pues si mi conciencia comienza a molestarme, tal vez debería ir a visitar al sheriff de Mountain Ridge para denunciar a una conductora que abandonó la escena del accidente hace dos meses.

–No tienes forma de saber lo que sucederá mañana con este asunto, o la semana que viene; o el mes que viene. Si traes de vuelta a Tate, me marcharé y se lo comunicaré a Teagan.

Dex dejó los cubiertos sobre la mesa con brusquedad.

–Muy bien, adelante. Que lo sepa toda la ciudad. Eso se te da muy bien.

Cuando ella se estremeció, él comenzó a frotarse las sienes. Le dolía mucho la cabeza.

–Lo que aquí está en juego –prosiguió– es la libertad individual, incluida la mía. Te agradecería que me apoyaras.

Apareció el camarero y volvió a llenarles las copas mientras ellos se fulminaban mutuamente con la mirada.

–Tienes razón –dijo ella–. No sigo mis propios consejos. Debo retirarme. Tal vez no tenga todas las respuestas, pero reconozco cuando me han derrotado –añadió antes de levantarse.

–¿Adónde vas?

–A casa.

Él hizo una seña al camarero.

–Voy a pagar la cuenta y…

–Me refiero a Mountain Ridge.

A Dex se le contrajo el estómago. Seguro que no lo decía en serio.

–No soy el malo de la película –dijo con la mejor de sus sonrisas.

–Tampoco eres el único hombre del mundo, Dex.

Cuando ella se hubo marchado, él miró a su alrededor y vio la curiosidad dibujada en los rostros de los comensales. Shelby había vuelto a captar la atención de todos. Si no se hubiera quedado de una pieza, Dex se habría puesto de pie y la habría ovacionado.

Capítulo Catorce

A la mañana siguiente, después de haber pasado la noche en su piso, Shelby fue a comer al café donde había trabajado. Ocultó el rostro tras el menú. Pronto apareció Lila.

—¿Quiere que le enumere las especialidades?

—Quiero un café y un fuerte abrazo.

Lila dio un salto de alegría. Abrazó a su amiga hasta dejarla sin respiración. Después miró con precaución hacia la cocina.

—A Connor no le va a hacer gracia vernos hablando.

Shelby tuvo ganas de decirle que Connor podía irse a tomar vientos, pero sabía que Lila debía ser precavida, ya que vivía de aquel sueldo.

—Tienes un aspecto estupendo, Shelby, como siempre. Debe de ser un chollo trabajar para una celebridad.

—Ya no trabajo para él.

—¿Te ha despedido?

—Me he despedido.

Shelby le explicó, sin entrar en detalles, que las cosas no habían ido bien.

—Me ha dado una buena indemnización, el sueldo de seis meses. Cuando vi el dinero en mi cuenta, lo llamé para decirle que no lo quería. Me dijo que, si tan mal me sentía, volviera y cumpliera mi contrato. He decidido regresar a casa.

–¿Estás segura? ¿Despúes de que aquel imbécil te dejara cuando estabas enferma? Estabas muy disgustada cuando llegaste aquí.

–He vuelto hace poco, y todo ha salido mejor de lo que esperaba –Shelby sonrió–. ¿Cómo te va a ti?

–Me han aceptado en la universidad.

Shelby la abrazó.

–¿Cuándo empiezas?

–Dentro de dos semanas diré que dejo el trabajo. Cuando lo tenga todo arreglado, volveré a Nebraska.

–Así que tú también vuelves a casa. Y me lo acabas de reprochar.

Connor apareció por sorpresa con cara de pocos amigos. Se dirigió a ellas en voz baja para que los demás clientes no lo oyeran.

–Tienes que trabajar.

–Todas las mesas están atendidas y las comandas tomadas.

–Esta charla le ha costado a tu amiga una hora de salario –dijo Connor mirando a Shelby. Después se dirigió a Lila–. Si quieres ir a quejarte al sindicato, adelante.

–Hemos hablado dos minutos como máximo –dijo Shelby levantándose.

–Pues han sido muy caros.

–No importa –intervino Lila–. No voy a ir al sindicato. No me hace falta. Dejo el trabajo –afirmó quitándose el delantal.

Connor le sonrió con aire de superioridad.

–Necesitas el trabajo. Sé en qué situación te hallas.

–Se ha matriculado en la universidad, e iba a dejarlo de todos modos –dijo Shelby.

–¿En la universidad? No eres lo bastante inteligente.

Shelby, recordando lo que había hecho Dex semanas antes, sacó unos billetes del monedero y, al ver que Connor los miraba, le dijo:

–No son para usted –se los puso en la mano a Lila–. Por lo bien que me has servido.

Lila sonrió. Dejó el delantal en una silla y fue a buscar el bolso.

–¿Nos vamos? –preguntó a Shelby.

–No puedes dejarme en la estacada. Eres la única camarera hasta que venga Evie. Esto es ilegal. Me impides ganarme la vida –se quejó Connor.

–Puede pedirle consejo a Lila –dijo Shelby–. Dile lo que vas a estudiar.

–Derecho –respondió ella guiñándole un ojo.

Shelby llevó a Lila a cenar a un sitio elegante para que, por una vez, la sirvieran. Después la acompañó a la parada del autobús y se abrazaron y prometieron no perder el contacto.

Shelby llegó a su piso barajando diversas emociones. Estaba encantada con la situación de Lila y con haberle plantado cara a su exjefe. Y se sentía orgullosa de haber tenido el valor de mudarse a Los Ángeles sola.

Pero también estaba contenta de volver a su casa. Después de haber ido allí con Dex, se había dado cuenta de lo mucho que añoraba los espacios abiertos y el aire puro. Y aunque su historia surgiera de vez en cuando en las conversaciones, la gente estaba tan centrada en sus vidas que, ¿a quién le importaba de verdad la desgracia de Shelby Scott?

Pero, sobre todo, estaba deprimida por la desagradable ruptura con Dex. Reconocía que, por su forma de ser, tendía a intentar controlar y dirigir las situaciones, lo cual, a veces, jugaba en su contra.

Se dejó caer en una silla del comedor y miró a su alrededor. Ya no se sentía como si estuviera viviendo en un sueño, sino que estaba muy despierta. Pero siempre guardaría los recuerdos de su estancia allí.

Sacó el móvil del bolso y se puso a mirar fotos de la primera noche con Dex, de la suite del hotel Beverly Hills, de Tate y Teagan en su visita a Disneylandia. Ese día había notado que existía una conexión real entre Dex y ella.

Cuando llegó a las fotos que habían sacado en Mountain Ridge, se le hizo un nudo en la garganta y se le empañaron los ojos. Miró la foto en que estaban ambos frente a la agencia inmobiliaria. Se había sentido protegida y feliz. Pero Dex iba por la vida haciendo películas aquí o allá y pasándoselo bien cuando podía. No se tomaba en serio la vida, si podía evitarlo.

De pronto recordó que había dejado la vieja foto de Reese y ella en la cómoda de su habitación del hotel, por lo que tendría que hablar con Dex para que se la hiciera llegar.

¿O ya era hora de olvidarse de ella también?

A pesar de que Reese y ella se habían vuelto a ver cuando había vuelto a Oklahoma, el daño causado no podría repararse, a pesar de que durante toda su vida Reese hubiera sido su alma gemela.

Vació la nevera, ató la bolsa de basura y se dirigió a la puerta a sacarla. Después haría el equipaje y, al día siguiente, tomaría un autobús de vuelta a casa.

Abrió la puerta y se llevó un susto de muerte. Dex estaba allí. Tenía el pelo revuelto y, a juzgar por sus ojeras, no debía de haber dormido la noche anterior. El primer impulso de Shelby fue ir hacia él y consolarlo.

¿Qué habría sucedido ese día al hablar él con la policía?

–Te dejaste algo en el hotel.

Le entregó la foto, pero ella tuvo cuidado de que sus dedos no se rozaran.

–Estaba recogiendo.

–Tengo que hablar contigo.

–¿Has hablado con la policía?

Él asintió.

–¿Y Joel?

Él negó con la cabeza y sonrió, contrito.

–Me han dicho que volverán a interrogarme.

–¿Va a venir Tate?

–Sí, pero después de que Joel se haya entregado.

A Shelby no le extrañó que Joel no tuviera el valor de entregarse, y se sintió aliviada al ver que Dex había entendido que no podía traer a Tate con aquel lunático suelto.

Sintió el deseo de acariciarle la barba incipiente y de besarlo.

Pero cuando él se dio cuenta de su debilidad y dio un paso hacia delante, ella retrocedió.

–No voy a volver contigo, Dex.

–Creí que Tate te caía bien –sus dedos tocaron los de ella–, que yo te caía bien.

–Y me caes bien, Dex –afirmó ella dándole la espalda–. Ese no es el problema.

Él la agarró de la cintura, de espaldas como estaba,

y la atrajo hacia sí. Ella cerró los ojos y suspiró. Sintió que los pezones se le endurecían.

Él la besó en la sien.

–Nada tiene que ser un problema, ya te lo he dicho. Confía en mí.

Ella trató de soltarse de su abrazo, pero él no se lo permitió. La giró para que lo mirara, pero ella no lo hizo porque, aunque se rindiera a él en ese momento, eso no cambiaría lo que pensaba de todo lo demás.

–Quédate –susurró él besándole la frente.

–¿Qué es lo que realmente deseas, Dex? –estaba confusa y agotada.

–A ti –respondió él con una sonrisa.

–Cuando te dije que me volvía a Mountain Ridge, me di cuenta de que eso era exactamente lo que quería hacer. Quiero estar con mi padre el tiempo que le quede de vida. Quiero cabalgar todos los días. Ya no tengo que seguir huyendo. Los Ángeles ha sido una aventura, y no me arrepiento de la relación que hemos tenido. Siempre conservaré los recuerdos.

–Sobre todo, los del establo –dijo él acariciándole la mejilla–. Tenemos que volver.

–Dex, quiero casarme algún día y formar una familia, y no quiero que mis hijos se críen en Hollywood.

–¿Estábamos hablando de matrimonio?

–Lo que intento decirte es que somos muy distintos. No estamos de acuerdo en los temas importantes, esos que hacen que las personas sigan juntas o se separen.

Pareció que él no sabía si sentirse aliviado u ofendido.

–Así que no quieres casarte conmigo.

–Es más sencillo que eso. Lo que intento decirte es que tú necesitas quedarte, y yo, irme.

Una semana después, Dex estaba trabajando sentado a su escritorio cuando su secretaria le dijo que Rance Loggins quería verlo. Aunque él llevaba una semana sin ver a nadie, no podía seguir posponiendo su reunión con Rance.

–Dile que entre.

Rance se detuvo en el umbral.

–¡Por Dios! Tienes un aspecto horroroso. ¿Te está pasando factura hacer de padre?

Dex no se molestó en contarle que le habían quemado la casa y que la policía estaba buscando al culpable.

–¿Qué es de nuestra deliciosa Shelby?

–Creí que habías venido a hablar de negocios.

–A veces los límites se difuminan.

–No estoy de humor para bromas. ¿Para qué querías verme?

–Estás de mal humor y aletargado. Nunca te había visto así. Ni que te hubieran destrozado el corazón. No te culpo. Shelby es especial: inteligente, hermosa y…

Dex se levantó. No estaba dispuesto a seguir escuchándolo.

–Realmente estás muy mal –añadió Rance.

–Tienes dos minutos.

–Es sobre el guion. ¿Lo ha leído ya alguien?

–No.

–Si no te interesa, puedo dárselo a otro.

–Me interesa, solo que ahora estoy ocupado –dijo Dex volviendo a sentarse.

–¿Tanto trabajo tienes? No me lo creo. ¿Te vienes esta noche al teatro?

–No.

Rance se quedó mirándolo sin hablar.

–¿Qué?

–No has respondido a mi pregunta sobre Shelby. ¿Sigue trabajando para ti de niñera?

–¿Por qué quieres saberlo?

Rance sonrió lentamente.

–Te ha dejado, ¿verdad? ¿Sigue aquí?

–Ha vuelto a su casa.

–Probablemente sea lo mejor. Es un encanto de mujer.

–Lo es.

–¿Quieres un consejo? Shelby me cae bien. Es un hallazgo y me hubiera encantado conocerla mejor.

–¿Adónde quieres ir a parar?

–Si vas en serio con ella…

–Se ha ido, ¿te enteras? Ha vuelto a Mountain Ridge, punto.

–Si esa es tu actitud, es lo mejor que ha podido hacer. Si necesitas compañía…

–No, gracias.

Después de que Rance se hubiera marchado, Dex se levantó y comenzó a recorrer el despacho. Últimamente era incapaz de trabajar. No quería ir a ningún sitio ni ver a nadie.

Salvo a Shelby.

Se sirvió un whisky, se lo tomó y llamó a su hermano en Nueva York. La misma tarde en que la policía lo había interrogado había hablado con sus dos hermanos. Estos habían acordado no decir nada a su padre, ya que bastantes problemas tenía. Tanto Wynn como Cole se habían ofrecido a ayudarle en lo que fuera necesario. Habían acordado que Tate estaría más seguro con Teagan.

La secretaria de Wynn le dijo que había salido. Dex lo llamó al móvil, pero no obtuvo respuesta.

Después llamó a Cole.

—¿Cómo estás, Dex? ¿Has sabido algo de la policía?

—Nada.

—Lo atraparán. Todo saldrá bien, no te preocupes.

—¿Y tú? ¿Cómo estás?

—Taryn y yo acabamos de atracar en Port Villa. ¡Qué color tiene el agua! Y la gente es muy simpática.

—No como en la televisión.

—Reconozco que no echo de menos el trabajo. Esto está siendo un respiro: navegar con la mujer a la que quiero. Vendrás a la boda, ¿verdad?

—¿Por qué no iba a hacerlo? ¿Sabes algo de papá?

—Esta mañana he hablado con él. Brandon tiene varias pistas. Los expertos están examinando las huellas de los neumáticos de la camioneta en la que lo intentaron secuestrar. Todavía falta para que el asunto se resuelva.

Dex estuvo de acuerdo.

—¿Cómo va el trabajo?

—Se ha aprobado el guion de nuestra próxima película, por lo que ahora nos dedicaremos a la producción.

—Supongo que ahora me toca preguntarte sobre tu vida amorosa. ¿No estás saliendo con nadie en serio?

Dex lo negó automáticamente. Pero no era del todo

141

cierto. Había ido en serio con Shelby. Tan en serio que le había pedido que se quedase.

–Bueno… –Dex carraspeó–. Ha habido una mujer, pero ha sido una relación breve.

–¿Quién es? Me gustaría conocerla.

–Se ha acabado, Cole. Se ha ido a Mountain Ridge, en Oklahoma.

–¿Te has enamorado de una mujer que vive en ese sitio? Un momento, ¿no es la niñera que Teagan ha mencionado un par de veces?

–Shelby yo… Intimamos.

No recordaba haberle hecho anteriormente confidencias de ese tipo a Cole. Su hermano mayor nunca lo tomaba en serio. Sin embargo, Dex siguió hablando y le explicó cómo se habían conocido y cómo se había dado cuenta de que era la mujer que necesitaba para cuidar a Tate.

Le habló de lo difícil que le había resultado convencerla para que aceptara el trabajo, así como de la fascinación creciente que había experimentado por ella y de su viaje a Mountain Ridge: cómo la había defendido ante su exnovio y cómo habían hecho el amor en el establo.

–Entiendo perfectamente lo que sientes –le dijo Cole–. Es un sentimiento que te atrapa antes de que te des cuenta. A Taryn y a mí nos pasó lo mismo.

–No se trata de amor. No estoy dispuesto a arrodillarme y a ofrecer mi alma y mi corazón. Simplemente no quiero que se acabe, de momento. Y mucho menos así.

–Te entiendo, pero tendrás que aceptar lo inevitable.

–Ella no va a volver.

–Pues vete a buscarla.

–¿Y después? No puedo vivir en Mountain Ridge. Mi trabajo está aquí. Y Shelby no es de las que se adapta a una relación a distancia. No aceptaría verse utilizada de esa manera.

–Si la deseas y lo que sientes por ella es amor, no podrás darte por vencido.

Dex oyó la palabra «amor» pero, en vez de rechazarla, contuvo la respiración e intentó asimilarla. Nunca había pensado en una relación de ese tipo. Se había limitado a divertirse. Cuando un hombre se comprometía, debía hacerlo sin reservas. ¿Sería él capaz?

–No quiero hacerle daño. Ya ha sufrido bastante.

–Parece que te espera una larga deliberación. Además, ¿yo qué sé? Tal vez no estés hecho para el matrimonio.

Después de haber colgado, Dex se quedó pensativo. Nunca había considerado la posibilidad de casarse pero, sentado en su despacho mientras las horas pasaban lentamente, no consiguió pensar en otra cosa.

Capítulo Quince

Cuando Shelby abrió la puerta del hogar de la familia Scott, se quedó de piedra. ¿Qué hacía Reese allí? Estaba tan abatida como si se le hubiera muerto alguien.

Al principio, Shelby pensó decirle que estaba ocupada. Hacía dos semanas que había vuelto y estaba ayudando a su padre a cambiar el tejado del establo. Pero su antigua amiga tenía tan mal aspecto... A pesar de que hubiera traicionado su confianza, sintió compasión por ella.

–¿Quieres sentarte? Estás muy pálida.

–No, estoy bien.

–¿Qué haces aquí, Reese?

–Tenía que hablar contigo –estaba apunto de romper a llorar–. Voy a tener un hijo.

A Shelby se le contrajo el estómago. Pero cuando dos personas formaban una pareja y se prometían amarse, solían tener la idea de formar una familia.

Muchos meses antes, a ella le había dejado de bajar la regla, pero, más que preocuparse, se emocionó. No había planeado quedarse embarazada antes de la boda. Sin embargo, si lo estaba, daría la bienvenida a aquel niño con todo el amor de su corazón. Después cayó enferma. Y, suponiendo que hubiera estado embarazada, cuando se recuperó ya no lo estaba.

Intentó felicitar a Reese, pero las palabras se negaron a salir de su garganta. A pesar de que había superado el abandono de Kurt y de que había seguido con su vida, había cosas que eran difíciles de perdonar.

–Hay algo más, Shelby. Kurt se ha marchado.

–¿Adónde?

–A otra ciudad. Me ha dejado.

«El que la hace, la paga», pensó Shelby. Pero al ver a Reese tan perdida y asustada lo único que recordó fueron los momentos difíciles que habían superado juntas a lo largo de los años. Aunque le había hecho mucho daño, nadie se merecía esa venganza.

La abrazó. Reese temblaba. Shelby le secó una lágrima que se le deslizaba por la mejilla

–No me perdono lo que te hice. Eras mi mejor amiga, y mientras te debatías entre la vida y la muerte…

Reese bajó la cabeza y, en ese momento, Shelby supo que se había librado por completo de los fantasmas del pasado. Y no porque su amiga estuviera sufriendo, sino porque ella se había vuelto más fuerte, pero sin perder su humanidad.

Tomó las manos de Reese y se las apretó.

–Estoy avergonzada –añadió Reese.

–Pues no debes estarlo –dijo Shelby–. No te culpes. La vida es muy corta.

–¿Te acuerdas de la hermana de Kurt?

–¿Cómo se me iba a olvidar? –era la mujer a la que, aquella noche, había acusado de ser la amante de Kurt.

–Pues resulta que no eran hermanos. Me lo dijo la última vez que nos peleamos, justo antes de que se marchara. Se iba para estar con ella. Tú y yo solo fuimos parte de su plan.

Shelby la condujo al porche para que se sentaran.

–Mi abuela y yo hemos perdido el rancho –prosiguió Reese–. Y a pesar de toda su labia, Kurt no tiene nada. Solo estuvo conmigo, y contigo, para conseguir algo. Conmigo le salió el tiro por la culata. Teníamos muchas deudas. Cuando Kurt se enteró de que tendríamos que vender el rancho, se puso hecho una furia y me lo contó todo. Después, se marchó.

Shelby pensó que, si no hubiera caído enferma, se hubiera casado con Kurt, y él habría poseído tierras y habría sido un hombre respetable que engañaría a su esposa con su «hermana».

–¿Te acuerdas del coche que tanto le gustaba? ¿El Mustang?

Cuando Shelby le confesó a su amiga que había chocado con él dos veces con la camioneta y lo bien que se había sentido, Reese lanzó una carcajada.

–¿Me perdonas, Shelby?

Esta le sonrió.

–Lo importante es que el bebé tenga una tía.

Y se abrazaron como habían hecho toda la vida.

–Me han dicho que has vuelto y que vives con tu padre.

Shelby reconoció a la señora Fallon y se levantó sonriendo.

Hacía una semana de la visita de Reese. Esta le había propuesto que fueran al cine al aire libre, ya que esa noche había película en el pueblo. Mientras colocaban las sillas de tijera frente a la pantalla, todo el mundo las miró. Shelby había sonreído para sí y pensado que tal vez debiera ir con una pancarta que dijera: «Seguid viviendo. Yo lo he hecho».

Fue al final de la doble sesión cinematográfica cuando la señora Fallon se le acercó. Pero Judy Fallon no era una chismosa, sino una mujer dulce y paciente.

–Sí, he vuelto para quedarme.

–¿Estás buscando alguna ocupación? –preguntó la señora Fallon sonriendo.

–¿Como trabajar en la guardería?

–Te echamos de menos.

–Gracias, me encantaría volver, pero no podría dedicarle tantas horas como antes. Me he matriculado en la universidad a distancia. Quiero ser maestra.

La señora Fallon la abrazó.

–Cualquier escuela que te contrate será afortunada. No dudes en pedirme lo que necesites.

Cuando la maestra se hubo ido, Shelby volvió a sentarse.

–¿Quieres venir a casa a tomar un chocolate? –preguntó a Reese.

–Me encantaría si pudiera dejar de bostezar. En mi vida me he sentido tan cansada. El médico me ha dicho que pronto volveré a ser yo misma, aunque estoy segura de que no se refería a mis ganas de comer. Devoro todo lo que veo, sobre todo si es dulce. Tienes que hacerme unas magdalenas.

Al oír las palabras de su amiga, Shelby tembló. Pensaba en Dex con demasiad frecuencia, en su forma de alabar su cocina, entre otras cosas. En lo feliz que había sido con él. Y no solo echaba de menos a Dex, le hubiera encantado haber conocido mejor a Tate y a Teagan.

Pero Shelby estaba contenta de estar en casa, pues le gustaba la rutina y que las cosas fueran predecibles. Aunque había aprendido que la vida no siempre lo era.

–Me gustaría volver a ver la segunda película –dijo Reese–. Casi he llorado en la escena final.

–¡Pero si estabas sollozando!

–Deben de ser las hormonas.

Shelby pensó que era porque tenía buen corazón, al igual que ella, a pesar de que la mayor parte del tiempo le parecía que estaba muerto. En su próxima reencarnación, sería una planta. Las plantas no tenían sentimientos. No se enamoraban.

–¿Sabes algo de Dex Hunter? –le preguntó Reese, como si le hubiera leído el pensamiento.

–Me llamó por teléfono y le pedí que no volviera a hacerlo.

«Puede que nunca me vuelvan a besar así», pensó. Pero que algo pareciera bueno y que uno se sintiera bien al hacerlo no implicaba que fuera bueno. Sin embargo, no se engañaba a sí misma.

La mañana en que se había despertado en Mountain Ridge después de que Dex y ella hubieran dormido abrazados toda la noche, supo que se había enamorado de Dex y que sus sentimientos no se parecían en nada a los que había experimentado por Kurt.

Pero él pertenecía al mundo de Hollywood. Les deseaba, a él y a su familia, mucha suerte con sus problemas, pero no podía ayudarlos, por mucho que quisiera. Tres semanas después de haberse marchado de Los Ángeles, su relación con Dex le parecía un sueño agridulce.

Había llamado a Teagan para decirle que se iba y

para aconsejarle que Tate se quedara con ella. Teagan había estado de acuerdo. En cuanto a los problemas de Dex con su desequilibrado amigo, no quería saber nada.

Reese y ella se despidieron. Con su silla y su manta bajo el brazo, Shelby estaba a punto de salir del recinto cuando una imagen parpadeó en la pantalla gigante, a sus espaldas. Después comenzó a sonar una música de violines. ¿Acaso había otra película y nadie sabía nada?

Cuando apareció en la pantalla Rodolfo Valentino acercándose con aire arrogante a una mujer, Shelby se quedó de piedra. Conocía esa escena: era aquella en la que Valentino bailaba el famoso tango. Pero no había nadie en el área de proyección, y todo el mundo había salido ya, incluida Reese.

A su izquierda oyó el sonido de unas pezuñas y vio un caballo blanco trotando por el campo antes de que un hombre real se pusiera delante de la pantalla adoptando la postura de un torero a punto de entrar a matar. Llevaba un sombrero andaluz, del mismo tipo que el de Valentino mientras bailaba el tango y, al igual que él, un poncho colgado del brazo.

El corazón a Shelby comenzó a latirle a toda velocidad. Sabía perfectamente quién estaba frente a ella.

Al acercarse a él, Dex Hunter agarró la rosa que llevaba entre los dientes y se la entregó.

–Te aseguro que no tiene espinas.

Ella dejó la silla y la manta en el suelo y olió la flor.

–Es de chocolate.

–Ha sido idea de Tate.

¿Había vuelto su hermano menor a vivir con él?

¿Seguía suelto el loco de Joel? Pero lo primero era lo primero.

—¿Qué haces aquí vestido así?

—He venido a pedirte algo —replicó él agarrándola de la cintura—. Que bailes conmigo.

—Perdona, ¿qué has dicho?

Le puso las manos en el pecho para apartarlo de ella, pero todo su ser le rogaba que se aproximara más a él.

—Esto es muy bonito, Dex, y muy inesperado, pero…

Él le puso un dedo en los labios y ella se calló. Él giró la cabeza hacia la izquierda y dijo:

—Música, maestro.

Los violines volvieron a sonar y él volvió a mirarla.

—¿Sabes bailar el tango?

—No conozco a nadie que sepa bailarlo a no ser que sea profesor de baile o un excéntrico que…

Él volvió a ponerle el dedo en los labios y le sonrió seductoramente.

—Yo sí sé.

Le puso una mano en las nalgas y la otra en un costado y la inclinó hacia el suelo hasta que ella levantó la pierna derecha.

—Te advierto que es inútil resistirse —dijo él con los labios muy cerca de los de ella.

La enderezó y la hizo girar para repetir el mismo movimiento con la pierna izquierda.

Estaba claro que se había vuelto loco.

—Me estoy mareando.

—¿Te da vueltas la cabeza? —preguntó él—. Es lo que pretendo.

—Reese no está metida en esto, ¿verdad?

–Nadie lo sabe. Solo soborné a un tipo para que pusiera el vídeo hace diez minutos.

Shelby se separó de él. Quería dejar las cosas claras de una vez por todas. No iba a cambiar de opinión por muchas rosas o bailes que le ofreciera.

–Dex, he venido para quedarme. No me interesan las relaciones a distancia. Mi vida está aquí; la tuya, en California. Si de verdad te importo, no me hagas esto. No trates de prolongarlo, ya que acabaremos sufriendo.

La expresión de él cambió de juguetona a pensativa. La miró con una intensidad que a ella le produjo escalofríos.

–Baila conmigo. Te prometo que no intentaré seducirte.

–Mientes.

–Tienes razón. Haré todo lo que pueda para cautivarte.

Volvió a rodearle la cintura con el brazo.

–Baila conmigo –repitió.

Ella contuvo la respiración y después expulsó el aire. Él le agarró la mano derecha con la izquierda y comenzó a bailar el tango.

Ella se soltó.

–¿Cuándo has aprendido a hacer eso?

–Llevo recibiendo clases todos los días, dos veces al día.

A ella se el empañaron los ojos.

–¿Lo has hecho por mí?

–Por nosotros.

Él la volvió a agarrar y ella se dejó llevar. Él la fue guiando en los pasos, sin aparentemente sentir vergüenza. Ella tampoco la sentía. Se sentía libre, y no se había divertido tanto desde…

Desde que habían estado juntos.

–Te he echado de menos cada día –afirmó él, sin ningún rastro de humor en su tono ni en su rostro. A ella le pareció que la tierra se abría bajo sus pies.

Cuando la música cesó, la mano de él se deslizó por su espalda hasta las nalgas para atraerla hacia sí.

–La primera vez que te vi supe que eras especial, única, orgullosa, fuerte y frágil a la vez. Te deseé entonces y no he dejado de hacerlo. Y me di cuenta de algo más –se detuvo unos instantes y prosiguió–. Me he enamorado de ti y haré lo que sea para tenerte a mi lado y que lo primero que vea al despertarme sea tu hermosa sonrisa.

A Shelby se le saltaron las lágrimas. Si hablaba, rompería a llorar. Pero tenía que estar segura de haber oído bien.

–¿Has dicho que me quieres?

–¿Estaría aquí haciendo esto si no te quisiera?

Pero, aunque fuera así, ella no podía olvidar lo que los separaba.

–¿Y tu amigo?

–Ha acabado por entregarse a la policía. Le espera una temporada en la cárcel.

–Menos mal. ¿Y tú?

–Mi abogado ha llegado a un acuerdo con el fiscal: que declare en el juicio a cambio de quedar libre de cargos.

Shelby sintió que se le quitaba un enorme peso de encima.

–No sabes lo que me alegro.

–Entonces, ¿volverás a bailar conmigo?

–No voy a volver, Dex.

–Entonces, yo tampoco.

–Tienes una empresa que dirigir. Una empresa familiar. No vas a dejarlos plantados así como así.

–¿Y si llegamos a un acuerdo?

–Ya te he dicho que no quiero una relación a distancia.

–Podemos dividir el tiempo entre Los Ángeles y Mountain Ridge. Parte del trabajo puedo hacerla desde aquí. Lo importante es que si queremos estar juntos para siempre, podemos hacer que funcione.

Shelby lo miró con la boca abierta. Si hablaba en serio…

–¿Cambiarías de vida por mí hasta ese punto?

–Mi vida eres tú. Quiero ser un buen marido –apoyó su frente en la de ella–. Y cuando estés preparada, espero ser padre.

–¿Vas a empujar el cochecito y a preparar biberones?

–He comprado la propiedad que hay al lado de la de tu padre.

–¿Has comprado el terreno de mi establo?

Una lágrima se le deslizó por la mejilla.

–Voy a construir, no un castillo, sino una casa grande. ¿Quieres ser mi esposa?

–No esperarás que me crea todo esto cuando sabes que…

Se calló cuando él la besó profunda y tiernamente mientras le sujetaba la cabeza con la mano. Ella se sintió levitar.

Cuando sus bocas se separaron, Shelby abrió los ojos y vio la expresión satisfecha del rostro de Dex.

–Me había prometido que nunca volvería a hacer esto –dijo ella.

–No importa. Te perdono.

Ella le rodeó el cuello con los brazos.

–Yo también me perdono.

–Te juro que te amaré y te adoraré, al igual que a tus magdalenas, y que te seré fiel mientras viva. ¿No hay nada que quieras decirme?

Más lágrimas le rodaron por las mejillas a Shelby.

–¿Tengo que decirlo en voz alta?

–Llevo semanas soñando con oírtelo decir.

Ella no podía creerse que aquello estuviera sucediendo de verdad, porque sería como el final de un cuento de hadas.

–Te amo –dijo ella–. De ti lo amo todo. Y claro que quiero tener hijos. Creo que es lo que más deseo.

–Me han dicho que la mejor manera de quedarse embarazada es tener mucho sexo. Los expertos no se ponen de acuerdo sobre cuál es la mejor postura, así que tendremos que probarlas todas –afirmó él con una sonrisa descarada. Pero luego la miró con ternura.

–Nuestra vida en común será maravillosa –añadió.

Ella se apretó contra él.

–Podemos hacerlo, ¿verdad?

Antes de volver a besarla, Dex murmuró:

–Cariño, seremos los números uno en taquilla.

Epílogo

Mientras tanto en Nueva York...

Mientras Wynn Hunter entraba en el dormitorio del ático en el que vivía, recordó la aburrida cena de negocios a la que había acudido, la última copa en un club y el encuentro casual con una mujer que parecía tan empeñada como él en olvidar penas antiguas.

Las suyas tenían la forma de Heather Matthews. Era la mujer más tentadora que había conocido. Cuando se tocaban, él experimentaba una descarga eléctrica que le llegaba hasta los huesos.

¿Había sido amor, amor como el que Dex y Cole acababan de encontrar?

Así lo había creído. Pero cuando se lo planteó a Heather, ella frunció el ceño y, antes de dejarlo solo en el restaurante en que se hallaban, le dijo que no quería casarse. Para él fue como morir un poco.

Aunque solía apresurarse a llegar a la oficina, durante semanas le había costado trabajo levantarse de la cama. Nada parecía tener sentido. Le daría igual que el mundo se acabara, porque el suyo lo había hecho cuando tuvo que volver a meter el anillo de diamantes en su estuche.

Pero, con el tiempo, había recuperado el sentido común y se había endurecido. Últimamente había oído la palabra «despiadado» en los pasillos de la editorial Hunter, dirigida a él. Parecía que, como director de la misma, había dejado de ser un tipo agradable.

Siempre se había considerado el trabajador más entusiasta de los tres hermanos: jugaba limpio, daba oportunidades y era bondadoso. Parecía que tales cualidades se habían evaporado.

Cuando se dio cuenta del cambio, se sintió agradecido y aliviado. Y experimentó una extraña sensación de calma.

Mientras se desvestía en el dormitorio examinó el perfecto cuerpo desnudo que yacía en la cama. Apoyó una rodilla y las manos en el lecho y se inclinó sobre la mujer. Ella se estremeció cuando le trazó un círculo con la lengua en uno de los pezones.

–Me gustaría saber cómo te llamas –murmuró él.

–Y a mí me gustaría que nos tapáramos.

Cuando ella le metió los dedos en el cabello y dobló una rodilla hacia su pecho, Wynn sintió una descarga en la entrepierna y se le aceleró el pulso. Al deslizarse por el cuerpo de ella hasta sus muslos, tuvo la sensación de que compartiría con aquella mujer algo más que una noche de sexo salvaje, aunque en aquel momento era lo único que deseaba.

Y lo que esperaba conseguir.

Amor sin tregua

Kathie DeNosky

Cuando Jessica Farrell apareció en el rancho de Nate Rafferty embarazada de cinco meses, él no dudó en declararse. Pero la guapa enfermera no se fiaba, temía que el rico vaquero siguiera siendo de los que tomaban lo que querían y luego se marchaban. Nate la tentó con un mes de prueba bajo el mismo techo, y enseguida empezaron a pasar largos días y apasionadas noches juntos. Pero ¿podría darle Nate a Jessie el amor que realmente buscaba? Había empezado la cuenta atrás…

Un vaquero salvaje y un bebé por sorpresa…

¡YA EN TU PUNTO DE VENTA!

Acepte 2 de nuestras mejores novelas de amor GRATIS

¡Y reciba un regalo sorpresa!

Bianca

«Esto solo es una partida de ajedrez para ti y yo soy un oportuno peón...».

Nicodemus Stathis, un magnate griego, no había conseguido olvidar a Mattie Whitaker, una hermosa heredera. Después de diez años de deliciosa tensión, Nicodemus por fin la tenía donde quería tenerla.

La familia de Mattie, que había sido muy poderosa, estaba a punto de arruinarse y solo Nicodemus podía ofrecerles una solución... ¡una solución que pasaba por el altar!

Quizá ella no tuviese otra alternativa, pero se negaba a ser la reina que se sacrificaba por su rey. Sin embargo, la seducción lenta y meticulosa de Nicodemus fue desgastando la resistencia de su reciente esposa y las palabras «jaque mate» dichas por él anunciaban algo prometedor...

SUYA POR UN PRECIO
CAITLIN CREWS

PASIÓN DESBORDANTE

KATHIE DeNOSKY

Chance Lassiter prefería estar a lomos de un caballo que delante de una cámara. Pero la experta en relaciones públicas Felicity Sinclair creía que era el portavoz perfecto para recuperar la buena imagen de los Lassiter. El próspero ranchero haría cualquier cosa por su familia, de modo que invitó a la sexy ejecutiva a su rancho para ponerla a prueba. Muy pronto, sin embargo, fue él quien se vio examinado… Había llegado el momento de enseñarle a Felicity de qué estaba hecho un auténtico vaquero.

¿Podría soportar tener la tentación en casa?

¡YA EN TU PUNTO DE VENTA!